LA MUSIQUE D'UNE VIE

Andreï Makine

LA MUSIQUE D'UNE VIE by Andreï Makine

Copyright ©Andreï Makine, 2001
©Éditions du Seuil, janvier 2001, pour l'édition française
Korean Translation Copyright ©1984Books, 2022
All Rights Reserved

This Korean edition was published by 1984Books in 2022
by arrangement with Andrei Makine c/o Georges Borchardt, Inc.
through KCC(Korea Copyright Center Inc.), Seoul.

어느 삶의 음악

안드레이 마킨 | 이창실 옮김

1984BOOKS

- 본문에 실린 각주는 모두 옮긴이 주이다.
- 단행본은 『』, 단편은 「」, 그림·음악 제목은 〈〉로 묶었다.

*

　그 만남이 있었던 때를 어렵잖게 추적해 볼 수 있을 것
같다. 벌써 사반세기 전의 일로, 뮌헨에 망명해 있던 그 유
명한 철학자가 하나의 신조어를 만들어 내놓은 해이기도
하다. 그 후 순식간에 유행어가 되어 사상가든 정치가든
심지어 일반인들조차 최소 10년은 너끈히, 그것도 전 세
계적으로 사용하게 될 용어였다. 그 간결한 표현이 그처럼
놀라운 성공을 거둔 데에는 분명한 이유가 있다. 두 마디
라틴어로 이 철학자는 그 당시 한 나라에 살고 있던 — 바
로 내가 태어난 나라이기도 하다 — 2억 4천만 인구의 삶
을 묘사해 냈다는 것. 여자와 남자, 아이와 어른, 노인과 갓
난아이, 죽은 자와 산 자, 병자와 건강한 자, 무고한 자와
살인자, 배운 자와 못 배운 자, 탄광 갱내에서 일하는 노동
자와 우주를 유영하는 우주비행사, 그 밖에도 무수한 범주
의 사람들 모두가, 공통의 본질을 파고든 이 참신한 용어
에 귀속되었다. 그들 모두가 하나의 총체적인 명칭 아래

존재하기 시작한 것이다.

이 탁월한 신조어가 등장하기 이전이나 이후에도 이 나라를 지칭하는 말들이 끊임없이 만들어지곤 했다. '악의 제국' '인간의 얼굴을 한 야만' '해체된 제국' 등등. 각각의 표현이 한동안 서구인들의 마음에 각인되었다. 그렇긴 해도 뮌헨의 그 철학자가 내놓은 정의야말로 훨씬 끈질긴 생명력을 과시하며 사람들 입에 오르내렸다.

그러니 생겨난 지 채 몇 달도 안 된 이 표현을 어느 친구의 입에서 듣게 된 건 우연이 아니었다. 나처럼 네바강* 유역에 살던 그 친구 역시 수많은 다른 이들처럼 서방의 라디오 방송에 몰래 귀 기울이곤 했는데, 그러다 그 철학자의 인터뷰를 듣게 된 것이다. 그렇다, 극동지방을 여행하고 돌아오다 우랄 지방 어딘가에서 눈보라에 발이 묶인 내가 그 용어를 떠올린 건 우연이 아니었다. 서구에선 칭송받았지만 우리네 나라에선 금지되었던 용어. 그 밤의 일부를 나는 춥고 어두컴컴한 대합실에서 함께 있던 주변 승객들에게 이 용어를 적용하며 보냈다. 그러면서 그 철학자의 발명품인 그것이 놀랍도록 설득력 있는 개념임을 인정하게 되었다. 그 안엔 더없이 다양한 개개인의 삶이 들어 있었다. 어느 기둥 뒤에 숨어 술병을 번갈아 들이켜는 두 병사, 의자가 부족하자 벽 앞에 신문지를 펼치고 누워 잠이 든 노인, 보이지 않는 촛불이 얼굴을 은은히 비추는

---

* 상트페테르부르크를 흐르는 강.

6

듯한 젊은 어머니, 눈보라에 폐쇄된 창 가까이 서서 주위를 살피는 매춘부를 비롯해 수많은 다른 이들의 삶.

잠이 들었거나 잠 못 이루는 내 동포들 사이에 묻혀 나는 머릿속으로 그 철학자의 지혜를 찬미하고 있었다… 그러니까 그 만남의 사건이 있었던 건 바로 그런 순간, 나머지 세계로부터 단절된 밤의 한복판에서였다.

그 후 사반세기의 세월이 흘렀다. 해체가 예견되었던 제국은 몰락했다. 야만과 악은 다른 하늘 아래서도 모습을 드러냈다. 뮌헨의 철학자(물론 알렉산드르 지노비예프**를 가리킨다)가 발명한 신조어, 오늘날엔 거의 잊힌 그 정의가 이제 와선 내게 서표로만 작용한다. 흐르는 세월의 흙탕물 속에 숨은 그 짧은 만남의 순간을 기리기 위한.

** 1922~2006. 소련의 작가, 철학자, 사회학자. 1978년 소련에서 추방되어 독일 뮌헨에 정착하며, 1999년에야 러시아로 돌아온다.

*

잠에서 깨어난다. 무슨 음악이 들리는 꿈을 꾸었다. 내 안에서 마지막 화음이 꺼져가는 사이, 나는 이 기다란 대합실을 잠과 피로에 전 모습으로 채우고 있는 생명들의 심장 박동 소리를 구별해 내려 애쓴다.

저기 창가에 자리한 여자의 얼굴. 조금 전 또 한 남자에게 쾌락을 선사했던 그녀의 몸은 승객들 사이에서 다음 차례의 연인을 찾아 헤맨다. 한 철도 종사원이 빠른 걸음으로 들어와 대합실을 가로질러서는 플랫폼과 밤으로 통하는 커다란 문으로 나간다. 문짝이 닫히기 전 대합실 안으로 세찬 눈보라가 밀려든다. 문가에 앉아 있던 사람들은 좁고 딱딱한 의자에서 몸을 움직이며 외투 깃을 끌어올리고 푸르르 어깨를 떤다. 역 반대편 끝에서 희미한 웃음소리가 터져 나오더니 유리 조각 밟히는 소리와 욕설이 이어진다. 샤프카*를 목덜미 쪽으로 내려뜨리고 외투 단추를 끄른 두 군인이 움츠러든 몸들의 무리를 헤치고 걸

---

* 러시아어로 '모자'라는 뜻을 지닌, 두 귀를 가리는 러시아식 털모자.

8

어온다. 코 고는 소리가 서로 화답하면서 때로 코믹한 협화음을 이룬다. 어둠 속에서 또렷이 터져 나온 아이 울음소리가 젖을 빠는 작은 울먹임으로 잦아들더니 잠잠해진다. 니스 칠한 목재 주랑의 한 기둥 뒤에선 권태로 무디어진 긴 언쟁이 이어진다. 그 순간 벽에 붙은 확성기가 지직거리며 슈우 소리를 내더니 갑자기 놀랍도록 나긋나긋한 목소리로 기차의 연착을 알린다. 대합실 안에 한숨 소리가 물결처럼 일렁이며 퍼져 나간다. 실제로 무언가를 기대하는 이는 더 이상 아무도 없다. 여섯 시간의 연착… 엿새 혹은 여섯 주가 될 수도 있을 터. 무감각한 상태가 다시 찾아든다. 흰 눈보라가 창들을 세차게 후려친다. 사람들은 불편한 의자에 몸을 묻고, 모르는 이들이 한 등껍질의 비늘들처럼 서로 바싹 다가붙는다. 잠든 이들은 어둠 속에서 하나의 생명체로 화한다. 피신처를 찾아낸 행운을 자신의 세포 하나하나로 음미하는 한 마리 짐승.

내가 있는 자리에선 개찰구 위쪽에 걸린 벽시계가 잘 보이지 않는다. 손목을 들어 올리자 내 손목시계 숫자판에 밤의 조명이 반사된다. 12시 45분. 여전히 제자리를 지키고 선 매춘부의 윤곽이 눈보라로 파래진 창유리에 뚜렷이 떠오른다. 키는 크지 않아도 골반이 딱 벌어진 여자다. 시신이 널린 전장 같아 보이는 잠든 여행객들의 무리 위로 그녀 홀로 도드라져 보인다. 도시를 향해 나 있는 문이 열리자 새 여행객들이 추위를 달고 들어온다. 돌풍이 휩쓸고

간 공간들의 불편함도 함께. 잡동사니 인간들의 혼합체가 부르르 떨며 마지못해 새로운 세포들을 맞아들인다.

이 몸들의 집적에서 빠져나오려고 나는 버둥댄다. 나를 둘러싼 이들을 이 불분명한 덩어리로부터 떼어놓으려 한다. 이제 막 도착한 저 노인. 사람들이 꽉 들어찬 역사(驛舍)에서 의자를 찾을 생각이 아예 없는 그는, 녹은 눈과 담배꽁초로 더럽혀진 타일 바닥에 신문지를 펼치고 벽에 등을 돌린 채 몸을 누인다. 그런가 하면 솔에 가려져 얼굴도 나이도 가늠되지 않는 저 여인, 무형의 커다란 외투에 싸인 불가지의 존재인 그녀는 방금 전 잠꼬대를 했었다. 삶의 아주 먼 시절로부터 온 것이 틀림없는 애원의 몇 마디. 생각건대, 내가 그녀를 인간으로 기억하게 될 유일한 징표다. 그리고 또 다른 여인, 고치 같은 자신의 아이 쪽으로 고개 숙인 젊은 어머니. 그녀는 근심과 놀라움과 사랑이 뒤섞인 보이지 않는 후광으로 아이를 감싼 듯하다. 몇 발짝 떨어진 곳에선 매춘부가 군인들과 거래를 하고 있다. 달아오른 두 남자는 말을 더듬는데, 일말의 멸시가 묻어나는 여자의 속삭임엔 달콤한 약속을 담은 촉촉함과 훈훈함이 묻어 있다. 군화 신은 발로 바닥을 쿵쿵 차는 동작으로 미루어 남자들은 안달이 나 있음을 짐작할 수 있다. 크고 튼실한 엉덩이와 외투 속 불룩한 가슴이 불러일으킨 욕구에… 그들의 군화와 거의 나란한 위치에 또 한 남자의 얼굴이 있다. 의자에서 미끄러져 내린 남자는 머리를 뒤로

젖힌 채 잠을 자는데, 입은 헤벌어지고 팔 하나는 바닥에 닿아 있다. '전장의 시신'이라고, 나는 또 한 번 생각한다.

이 모든 익명에서 몇몇 개인의 형상을 건져내려는 내 노력은 점차 흐지부지되고 만다. 어둠 속에서, 출입구 위의 전등이 희미하게 뿜어내는 칙칙한 노란 불빛 속에서, 눈보라에 파묻힌 이 도시 주위로 까마득히 펼쳐진 공허 속에서, 모든 게 한데 뒤섞인다. '우랄의 한 도시'라고, 나는 하나의 장소와 하나의 방향에 이 역을 비끄러매려 애쓰며 생각한다. 그러나 그건 한 순간 머릿속에 떠오른 가소로운 시도였음을 알게 된다. 흰 대양 위에서 길을 잃은 점 하나. 2천 혹은 3천 킬로미터를 가로지르며 펼쳐진 우랄 지대, 그 한복판 어딘가에 자리한 이 도시, 동쪽으론 시베리아가 ─ 이 눈의 지옥이 ─ 끝없이 이어지는 곳. 나의 사고는 그것들을 공간 속에 배치하는 대신 하릴없이 방황한다. 아무도 살지 않는 하얀 행성에 자리한 이 도시와 기차역도 덩달아. 내가 식별해 냈던 주위의 그 희미한 존재들이 또다시 한 덩어리로 녹아든다. 그들의 숨결이 뒤섞이고, 어둠 속에서 중얼대는 이야기들은 잠든 이의 숨소리가 되어 사라진다. 젊은 어머니가 나지막이 노래하는 ─ 아니, 읊조리는 ─ 자장가가 내 귀에 와 닿는 순간, 매춘부를 바짝 뒤따라 걷는 두 군인의 수군대는 말소리가 들린다. 그들 뒤로 문이 도로 닫히면서 대합실에 한기가 스며들고, 젊은 어머니의 속삭임이 옅은 안개처럼 퍼져 나간다. 고개를 젖히고 자던 남자가 거친 숨을 길게 내뱉는다. 자기 소리에 깬 그는 돌연 몸을 곧추세우더니 의자에 앉은 채로 벽시계를 한참 응시하다가 다시 잠이 든다.

그가 이제 막 확인한 시간은 아무 의미도 없다는 걸 나는 안다. 하룻밤이 몽땅 지나가 버렸음을 확인했대도 그는 놀라지 않았을 것이다. 하루, 아니 이틀 밤, 혹은 한 달, 한 해가 통째로 지나가 버렸다 한들 말이다. 텅 빈 눈(雪) 천지. 모호하기 그지없는, 존재하지 않는 장소. 끝없이 이어지는 밤. 시간의 갓길로 내던져진 하룻밤.

갑작스러운 이 음악! 해변의 부서지는 파도 속에서 눈에 띈 조가비 하나를 낚아채려는 아이처럼, 나 역시 잠에서 깨어나며 방금 전 꿈속에서 들은 몇 개의 음을 붙잡으려 한다.

더한층 생생하게 와 닿는 추위. 두 차례나 문이 덜컥댔다. 맨 먼저 눈에 띈 건, 역사로 들어와 어둠 속에 잠기는 군인들이다. 킬킬대는 그들의 농지거리 소리가 들린다. 몇 분 뒤에 들어오는 매춘부… 그러니까 내가 잠들어 있던 시간은… 그들이 부재한 시간과 맞먹는다. '그들의 교미가 이루어진 시간!' 내 안의 한 목소리가 탄성을 올린다. 지나치게 조심스러운 이 '부재'라는 표현에 짜증이 난 목소리.

음악을 꿈꾸게 되는, 그런 장소다. 이른 밤, 다시 떠나게 되리라는 가느다란 희망이 아직 있었을 때 나는 미신적인 생각을 품고 열차 승강장으로 나갔다. 추위에 용감히 맞섬으로써 기차가 오게 한다는 것. 나는 거센 바람을 맞으며 몸을 숙인 채, 퍼붓는 눈발에 앞이 안 보이는 상태로 역사를 따라 걷다가 걸음을 멈추었다. 벌써부터 승강장 끝이 사람의 발길이 닿지 않은 허허벌판 같아 더 이상 걷기가 망설여졌다. 그 순간 눈 더미들 사이에 묻힌 부속 건물에서 어렴풋이 새어 나오는 네모난 빛이 보였고, 나는 다시 걷기 시작했다. 아니, 장대발을 신은 사람처럼 뒤뚱거리며 나아갔다는 표현이 옳겠다. 앞서 같은 길을 따라간, 지워져 잘 보이지 않는 발자국들을 디디며 걷노라니 몸이 무릎까지 눈 속에 푹푹 빠졌다. 불이 밝혀진 작은 창문 옆 문은 닫혀 있었다. 눈에 묻혀 이미 보이지 않는 길들 쪽으로 몇 걸음 옮기며 나는 그저 신기루라도 보았으면 하는 마음이었다. 휘몰아치는 흰 눈보라 속에서 열차의 전조등을 볼 수만 있다면. 바람을 등진 상태라 앞을 볼 수 있어 그나마 다행이었다. 그때 난데없이 그 남자가 눈에 띄었다. 남자는 그 작은 건물 밖으로 곧장 내동댕이쳐진 사람 같았다. 쌓인 눈에 막혀 꿈쩍 않는 문밖으로 나오느라 온몸으로, 그것도 몇 차례씩이나 문을 밀친 듯했다. 결국 문이 열리면서 남자는 바깥으로, 밤 속으로, 폭풍 속으로 내던져졌다. 얼굴 가득 광풍의 따귀를 맞으며, 펄펄 내리는 흰 눈송이에 눈이 멀고 방향 감각을 완전히 잃은 채로. 혼란에 빠진 그는 잠시 뒤에야, 발치에 수북이 쌓인 눈을 밀

13

어낸 문을 도로 닫았다. 남자의 몸에 문짝이 밀리던 몇 초 사이에 그 작은 건물의 내부가 내 시야에 들어왔다. 현관이라 해야 할지, 갓을 씌우지 않은 전구에서 쏟아지는 밝은 레몬색 빛이 흘러넘치는 공간, 그리고 그 너머로 보이는 방 하나. 그 문틀 안의 광경을 나는 보고야 말았다. 번득이는 육중한 나신, 새하얀 아랫배. 무엇보다 난폭한 애무로 닳고 헤진 두 거대한 유방을 한 쪽, 또 한 쪽, 한 손으로 움켜쥐고 브래지어 안에 쑤셔 넣는 거친 몸동작… 그러자 벌써 당황한 푸념 소리와 함께 툭툭한 솜옷을 입은 여자가 현관 문지방에 불쑥 나타나는가 싶었는데(철길 고객들에게 돈을 받고 교미 장소를 빌려주는 창고지기 여자, 라고 나는 생각했다), 쾅 소리와 함께 문이 도로 닫혔다.

인간 무리가 잠들어 있다. 이제 들리는 소리라고는 어둠 속에서 무언가를 우물거리며 씹는 소리뿐. 신문지 위에 누워 있던 노인이 팔꿈치를 땅에 대고 몸을 일으켜 통조림 깡통을 열고는 이가 별로 남지 않은 사람처럼 쩝쩝대며 먹는다. 금속 뚜껑이 도로 닫히는 거슬리는 소리에 나는 얼굴을 찌푸린다. 남자는 다시 자리에 누워 부스럭대는 신문지 속에서 편한 자세를 찾는가 싶더니 곧 코를 골기 시작한다.

나는 어떻게든 판단을 자제하려 애쓰지만 연민과 분노에 사로잡힌다. 하나의 몸인 양 숨 쉬는 이 잡동사니 인간들에 대해 생각한다. 안락한 생활에 대한 그들의 타고난 무관심과 체념, 부조리한 상황에 직면해 발휘하는 끈질긴 인내심에 대해 생각한다. 여섯 시간의 연착. 나는 돌아서서 어둠에 잠긴 대합실을 바라본다. 여러 밤을 더, 이곳에서 아무렇지도 않은 듯 보낼 수 있는 사람들이다. 아예 여기서 발붙이고 사는 것에도 익숙해질 수 있는 이들! 저렇게 바닥에 신문지를 펼치고 라디에이터에 등을 기댄 채로, 먹을 거라고는 통조림밖에 없을지라도 말이다. 정말로 그럴 수 있을 거라는 확신이 불쑥 든다. 현실처럼 와닿는 악몽이다. 문명 세계로부터 아득히 떨어진 이 작은 마을들에서 삶이란 기다림과 포기, 신발 깊숙한 곳의 축축한 온기일 따름이니까. 눈보라에 휩싸인 이 기차역은 그저 이 나라 역사의 축소판이며, 뿌리 깊은 그 본성의 축소판이다. 행동에 나설 여지를 싸잡아 비웃어 버리는 공간들. 시간을 집어삼키고 일체의 기한과 기간과 계획을 균일화하는, 차고 넘치는 공간. '내일'은 '아마도 주어질 하루'이며, 이 공간과 눈(雪)과 운명이 허락하게 될 하루를 의미한다. 숙명주의…

어찌 보면 울분에 싸여, 나는 한 국민과 관련된 질문들로 다져진 오솔길을 탐색한다. 사고하는 두뇌들이 이제껏 무수히 다루어 온, '러시아적인 것'을 묻는 혐오스러운 질문들이다. '역사'의 외부에 자리한 나라, 비잔틴 제국의 뿌리 깊은 유산, 두 세기 동안 짊어진 타르타르의 멍에, 5세기에 걸친 노예 상태, 혁명, 스탈린, East is East…*

생각은 트랙을 몇 바퀴 돈 뒤 무디고 순박한 현재로 되돌아와 무기력하게 침묵한다. 그럴듯한 저 문구들은 모든 걸 설명해 주는 동시에 아무것도 설명하지 못한다. 명백히 현존하는 이 밤 앞에서 그것들은 의미를 상실한다. 젖은 외투와 지친 육신, 발효한 술, 미지근한 통조림 냄새를 풍기는 이 잠든 무리 앞에선 말이다. 펼친 신문지 위에 몸을 누인 저 노인을 두고 무슨 말이 필요할까? 그 체념의 양상은 연민을 불러일으키는 동시에, 동일한 이유에서 견딜 수 없는 무엇이기도 하다. 분명 그는 이 제국에서 벌어진 두 차례의 전쟁을 경험했겠고, 탄압과 기근에서 살아남은 사람일 것이다. 자신에겐 담배꽁초와 침으로 뒤덮인 바닥 위의 이 신문지 쪼가리보다 더 나은 잠자리를 꿈꾸어 볼 자격이 있었다는 생각조차 해보지 않는 사람. 그렇다면 이제 막 잠이 든 저 젊은 어머니는 어떤가? 그녀는 이제 성모상이 아닌, 동양인의 찢어진 눈과 부처의 모습을 한 목각 우상이 되어 있다. 내가 그들을 깨워 그들 삶에 대해 묻는다면 그들은 주저 없이 선언할 것이다. 간혹 발생하는 기차의 연착을 제외하고는, 자기들이 사는 나라는 천국이라고. 느닷없이 확성기에서 전쟁의 발발을 알리는 냉혹한 목소리가 흘러나온대도 이 무리는 몸을 털고 일어나 아무렇지

---

* 키플링의 시 '동양과 서양의 노래'의 시작 부분. Oh, East is East, and West is West, and never the twain shall meet…(아, 동양은 동양이고 서양은 서양이라, 절대 서로 어울릴 수 없을지니…)

도 않은 듯 전쟁을 맞을 준비를 하고 고통과 희생을 감수할 것이다. 누추한 이 기차역, 철로 너머로 끝없이 펼쳐지는 평원의 추위 속에서, 굶주림이든 죽음이든 삶이든 그 모두를 당연한 듯 받아들이면서 말이다.

그런 정신 상태는 하나의 이름을 가진다는 생각을 한다. 서방의 라디오 방송을 몰래 청취하는 친구의 입에서 최근에 들은 용어, 입안에서 맴돌지만 그저 피로 때문에 나오지 않는 말. 정신을 가다듬자, 돌이킬 수 없는 이 말이 빛을 발하며 터져 나온다. 호모 소비에티쿠스!

이 말이 엄청난 에너지를 발하며 나를 둘러싼 저 칙칙한 삶의 집적체의 목을 조른다. 호모 소비에티쿠스가 인간들의 이 침적물을 완전히 뒤덮는다. 더없이 여린 그 숨결과 술잔 가장자리에 부딪는 병 소리까지. 낡은 외투에 감싸인 저 노인의 여윈 몸이 깔고 누운, 눈부신 성과와 행복을 알리는 보고로 가득한 〈프라우다〉**지(紙)의 페이지들까지.

나는 어린아이처럼 희열을 맛보며 잠깐 동안 놀이에 시간을 보낸다. 그래, 이 용어야말로 문제를 푸는 진정한 열쇠다! 이 나라 사람들이 영위하는 삶의 모든 자물쇠를 따고 들어가 각자가 짊어진 운명의 비밀을 꿰뚫어 보게 될 핵심어. 그들이 경험하는 사랑의 비밀도 예외가 아니

** 러시아 모스크바에서 발행되는 대표적인 일간지. 러시아 혁명 세력의 기관지로 창간되어 1991년 소비에트 연방 붕괴 이전까지는 공산당 기관지였다.

다. 공식적인 엄격주의가 자리 잡은 와중에도 암암리의 거래가 대개는 묵인되는 나라. 레닌의 초상화와 모범적인 슬로건을 담은 대형 벽보로부터 몇 미터 떨어진 곳에서 자신의 직무를 수행하는 매춘부…

잠들기 전 나는 이 마술적인 말로 인해 무리로부터 떨어져 나옴을 새삼 확인한다. 나 역시 분명 그들과 다를 바 없지만 우리가 처한 인간으로서의 조건을 명명할 수 있기에 그 조건을 피해 갈 수 있는 것이다. 연약한 갈대일지언정 스스로 그렇다는 걸 알기에… '인텔리겐치아의 낡고 교활한 논리…' 내 안에서 보다 명철한 목소리가 속삭인다. 그래도 호모 소비에티쿠스가 내게 선사하는 정신적 위로가 이 확신에 찬 속삭임을 곧 잠재운다.

음악이다! 이번엔 마지막 몇 음의 반향을 바늘귀를 통과한 명주실처럼 나는 간신히 붙잡는다. 무기력하게 잠든 육신들 한복판에 꼼짝 않고 남아 또 한 번의 울림을 조심스레 기다린다. 이번엔 꿈을 꾼 게 아님을 알며, 어디서 들려오는 음악인지도 대충 짐작이 갔다. 짧게 간헐적으로 건반에서 깨어나는 소리, 복도의 혼잡으로 멍멍해지고 코 고는 소리들로 희미해진 음향이긴 하지만 말이다.

손목시계를 보니 세 시 반이다. 이 음악이 들려오는 시간과 장소보다 더 놀라운 건 그 소리의 무심함이다. 조금 전 내가 품었던 철학적 분노를 철저히 무용화하는 소리.

그렇다고 그 아름다움에 기대어, 내가 무리 지어 잠든 이들 위에 고인 통조림 냄새와 술 냄새에서 달아날 수 있다는 말은 아니다. 그저 하나의 경계선을 가리키며 사물들의 또 다른 차원이 있음을 어렴풋이 드러내 보이는 소리이다. 말이 필요 없는 어떤 진실로 인해 갑자기 모든 게 명백해진다. 눈(雪)에 싸인 텅 빈 공간과 백여 명의 웅크린 승객들 — 저마다 자기 삶의 여린 불꽃에 조심조심 입김을 내불고 있는 듯한 — 속에서 길을 잃은 밤. 플랫폼이 사라진 기차역. 그리고 전혀 다른 차원에 속한 어느 밤의 순간들처럼 서서히 스며드는 이 음들.

나는 자리에서 일어나 대합실을 가로질러 낡은 나무 계단을 오른다. 더듬거리며 식당 통유리창 앞에 이른다. 칠흑 같은 어둠이다. 손으로 벽을 더듬다가 막다른 곳에 이르러 침대칸에 쓰이는 담요 더미에 걸려 비틀거리면서 나는 찾던 걸 포기한다. 그 순간 몹시 느린 한 화음이 복도 다른 편 끝에서 길게 울린다. 사그라지는 음향의 안내를 받으며 그리로 발길을 옮기는데, 어떤 문을 여니 벌써 어렴풋이 빛이 새어 드는 통로가 나온다. 깃발과 플래카드, 당(黨) 지도자들의 초상화를 비롯해 시위에 필요한 장비 일체가 벽에 가지런히 기대 세워져 있다. 통로를 지나 한 층 혼잡한 공간에 이른다. 문짝이 열린 장롱 두 개, 피라미드처럼 쌓아 올린 의자들, 산더미 같은 시트. 빛줄기가 장롱들 뒤로 새어 들어온다. 나는 꿈의 한 자락을 붙잡고 그 안에 머무는 듯한 느낌을 받으며 앞으로 나아간다. 그랜드 피아노 앞에 앉은 한 남자의 옆모습이 보인다. 그가 앉은 의자 옆엔 모서리를 니켈로 도금한 짐 가방이 놓여 있다. 〈프라우다〉지를 깔고 잠든 그 노인으로 착각할 만하다. 비슷한 외투에다 ― 더 긴 것 같긴 해도 ― 똑같은 검정 샤프카를 쓰고 있으니까. 건반 왼편에 놓인 회중전등이 남자의 두 손을 비춘다. 음악가의 것이라고는 상상할 수 없는 손가락들이다. 갈색 주름들로 뒤덮인, 울퉁불퉁하고 투박한 지골. 손가락들은 건반을 누르지 않은 채 그 위를 오간다. 군데군데 사이를 두다가 활기를 띠더니 조용한 흐름에 박차를 가하며 종내 열띤 분노의 달음박질을 펼친다. 건반에 손끝이 닿을 때마다 손톱 부딪히는 소리가 들린다. 소리 없는 굉음의 절정에서 스스로를 통제할 수 없게 된 한 손이 건반을 덮치자 한 다발 음들이 폭죽처럼 터져 나온다. 이 서툴고 경솔한 동작이 재미있었던지 남자는 자신의 소리 없는 연주를 멈추고 키득키득 작은 웃음을 터뜨린다. 장난기 어린 노인의 킬킬대는 소리. 잔기침처럼 새어 나오는 이 웃음을 삼키려고 그는 한 손을 들어 입안에 쑤셔 넣기까지 한다… 그 순간 나는 그가 울고 있음을 문득 깨닫는다.

　나는 주춤주춤 망설이며 뒷걸음치면서, 문을 찾으려고 한 손을 뒤로 빼 더듬는다. 출구에 거의 이른 순간 발이 깃대에 부딪는가 싶었는데, 깃발 하나가 쓰러지며 시끄러운 연쇄반응을 일으켜 긴 받침대 위의 초상화들이 줄줄이 넘어진다… 벽을 훑는 빛줄기에 나는 눈이 부시다. 남자는 용서를 구하는 사람처럼 손에 든 전등을 얼른 내 발목 쪽으로 내린다. 한순간의 거북한 침묵을 틈타 나는 그의 이마에서 세월에 표백된 깊은 흉터를 확인한다. 그의 눈물도 함께. 나는 눈길을 돌리며 더듬더듬 말한다.

"의자를 찾으러 왔습니다. 저 아랜 발 디딜 틈이 없어서…"

남자가 회중전등을 끄자 어둠 속에서 그의 말소리가, 특히 그의 몸놀림을 짐작게 하는 짧게 부스럭대는 소리가 들린다. 외투 소매로 급하게 눈을 닦는 소리. "아, 의자라면 여기 얼마든지 있다오. 그래도 조심하시오. 대부분 다리가 부러졌으니까. 내겐 소파 하나가 따로 있어요. 용수철이 몇 개 드러나 보이긴 해도…"

어둠이 완전히 지배하는 공간은 아님을 깨닫는다. 창문 두 개가 어둠 속에서 윤곽을 드러낸다. 가로등 불빛과 그 빛줄기를 싸고돌며 쉴 새 없이 흩날리는 눈발로 환히 밝혀진 창문들. 남자가 장롱들 앞을 돌아 구석진 곳으로 사라지는 게 보이더니 곧 용수철 튕기는 소리가 들린다.

"기차가 도착했다고 알려오거든 날 좀 깨워주시오." 그가 소파에 누워 부탁한다.

남자가 내게 잘 자라는 인사를 건넨다. 나는 의자 하나를 끌고 와 흩어진 초상화들 한복판에 자리 잡은 뒤 끝까지 시치미를 떼기로 한다. 난 그저 의자를 구하러 여기 온 거고, 그가 흘린 눈물을 보지도 못한 거다…

　이 일에 너무 진지한 자세로 임하느라 나는 금세 잠이 드는데, 뜬눈으로 밤을 새운 터라 새벽녘 어수선한 꿈에 시달린다. 간밤에 피아노를 친 그 남자가 내 어깨에 손을 올리며 나를 깨운다. 회중전등 불빛이 벽에 사물들의 그림 자를 드리운다. 뒤죽박죽인 의자들, 옷걸이, 열어젖힌 피아노 뚜껑…

　"모스크바행 기차가 도착했다고 알려왔어요! 그 기차를 타야 하면 어서 서두르시오. 북새통이 될 거 같군."

　그가 말한 대로다. 인파가 몰려든다. 나타났다가 사라지는 얼굴들, 오가는 커다란 짐 가방들, 고함 소리. 플랫폼의 두껍게 쌓인 눈 사이 고랑을 따라 걷는 바쁜 걸음들. 사람들에게 이리저리 떼밀리느라 나는 조금 전에 나를 깨운 남자를 곧 시야에서 놓친다. 열차에 탑승하려는 순간 검표원이 다짜고짜 내 사기를 꺾는다. "차량이 이미 꽉 차 있는 게 안 보여요?" 다음 차량의 문은 빗장이 걸려 있다. 세 번째 차량 주위로 형성된 무리 사이에서 때론 불평이, 때론 협박이 웅성웅성 새어 나온다. 기차표를 확인하는 검표원은 어쩌면 스스로도 설명할 수 없을 기준을 적용해 몇 안되는 사람들의 탑승을 허락한다. 눈 위에 찍힌 발자국을 디디며 나는 열차를 따라 비틀대면서 걸음을 재촉한다. 눈 구덩이에 빠진 노파가 안경을 떨어뜨렸다고 한탄하자 한 군인이 무릎을 꿇고 개처럼 눈을 파헤친다. 몇 미터 떨어진 곳에선 그의 동료가 가로등 기둥에 대고 소변을 본다. 안경을 건져 올린 먼젓번 군인이 의기양양한 얼굴로 긴 욕설을 내뱉는다.

이 차량 저 차량을 동동거리며 오가는 나는 이 도시의 덫에 걸려 하루를 여기서 더 보내야 할 거라 점점 더 확신하게 된다. 추위와 분노로 인해 간밤의 생각들이 되살아난다. '호모 소비에티쿠스! 더 이상의 말은 필요 없다. 지금 당장 이들에게 지붕 위로 기어오르라 한대도, 심지어 열차 꽁무니를 따라 뛰라 한대도, 누구 한 명 불평하지 않을 것이다… 호모 소비에티쿠스!'

난데없는 휘파람 소리. 기차의 기적 소리가 아니다. 동네 불량배들이 부는, 그런 짧은 휘파람, 공모를 부추기는 권위적이며 날 선 소리. 나는 기차 발판을 에워싼 무리 너머로 고개를 든다. 열차 맨 끝에서 팔을 흔들어 대는 그 피아니스트가 보인다.

"때때로 지원되는 차량이라오. 특히 이번처럼 연착이 발생할 때면." 우리가 조용한 열차에 자리 잡게 되자 그가 내게 설명했다. 따뜻하진 않겠지만, 장담해요, 여기서 마시는 차는 일품이라오…"

그날 하루 그가 내게 한 말은 그게 거의 전부다. 간밤의 연주회는 이미 현실의 일처럼 여겨지지 않는다. 어쨌거나 그 소리 없는 음악에 대해 내가 묻는다면 그가 우는 모습도 봤다는 걸 고백하는 셈일 것이다. 그러니… 매트리스도 없는 목재 간이침대에 누워 나는 상상에 빠진다. 간밤에 내가 관찰한, 대합실에서 잠든 사람들. 이제 그들은 눈곱만큼의 관심도 없는 상태로 놀라운 경험을 하고 있다. 아시아에서 유럽으로 건너가는 여정! 유럽… 서리를 비껴간 창문 한쪽 작은 장방형 유리 너머로, 끝없이 펼쳐진 동일한 눈 풍경이 열차의 숨 가쁜 전진에 아랑곳하지 않고 쉴 새 없이 지나간다. 물결치는 흰 숲들. 얼어붙은 거대한 회색 강은 어떤 해협을 생각나게 한다. 거주자 없는 흰 행성이 빠져드는, 또 한 차례의 잠. 나는 슬그머니 몸을 돌려 노인을 바라본다. 맞은편 간이침대에 누운 노인은 두 눈을 감고 깍지 낀 손을 가슴팍에 올려둔 채 꼼짝도 하지 않는다. 무언의 멜로디를 연주할 줄 아는 손가락들. 유럽에 대해 생각하는 걸까? 문명 세계가, 도시가 점점 가까워지고 있음을 인식하는 걸까? 시간이 사회생활의 유희와 사상의 교환, 만남들로 이루어진 자극적인 가치를 지니는 곳. 공간은 건축물로 순화되고, 고속도로가 만곡을 그리며 질주하는 곳. 네프스키* 근방의 내 아파트 창밖으로도 내다보이는 여인상의 미소가 따뜻한 인간미를 전해주는 곳.

이상한 일이지만, 저녁 무렵 이미 우리 두 사람은 몇몇 거리의 아름다움을 두고 대화를 나누게 된다. 볼가강 유역

---

* 상트페테르부르크에 있는 번화가.

의 한 대도시를 이제 막 지나온 참이다. 승객이 재편성되었다. 우리가 철도변에 버려지는 건 아닌지, 나는 한순간 두려움에 잠기기까지 한다. 그러나 이 구닥다리 삼등칸은 사람들이 거들떠보지 않았던지, 빈자리가 아주 많다.

내 동승자가 자리에서 일어나 잔 두 개를 가져온다. 내가 모스크바에 대해 환하다는 걸 알고 기분이 좋아진 그는 예기치 못한 정확성을 발휘해 수도에 대해 이야기한다. 어느 거리, 어떤 전철역에 애착을 드러내 보이기도 하면서. '수도에서 산 적이 있는 시골 사람의 애착이군' 하고 나는 생각한다. '자신만의 독창적인 안내 방식으로 상대를 놀라게 할 속셈인 게지.' 하지만 그의 말에 귀 기울일수록 그가 말하는 모스크바는 아주 이상한 도시임을 확인한다. 넓은 대로와 광장이 있어야 할 장소들에 얽히고설킨 거리들이 들어선, 내 기억과는 분명한 간극을 지닌 도시. 나는 더 집중해 귀 기울이며 몇 군데 껄끄러움을 간파하는데, 남자는 말을 하다 멈추거나 어떤 일화를 들려주며 그걸 피해보려 한다. "전쟁 전에는…" "30년대에는…" 같은 과거의 표지들이 그의 입에서 새어 나올 때면 나는 그가 더는 존재하지 않는 어느 도시를 산책하고 있음을 직감한다. 남자도 그걸 깨달았던지 결국 입을 다문다. 지난밤 피아노 앞에 앉은 그를 내가 발견했을 때의 그 거북한 분위기를 그의 귀가 감지했음이 틀림없다. 나는 주제를 바꾸어 날씨를 탓하는가 하면, 기차의 연착으로 모스크바에서 환승 편을 놓치게 될 거라는 사실도 언급한다. 우리는 저녁 식사를 준비한다. 나는 가방에서 삶은 계란을 꺼내고, 그는 자신의 짐 가방 안에 빵이 있다고 말한다. 그가 꾸러미를 꺼내 펼치자 흑빵 반 덩이가 나온다. 그런데 포장한 종이가 내 눈길을 끈다. 구겨진 낡은 악보. 그는 눈을 들어 나를 쳐다본 뒤 손바닥을 세워 종이를 펴기 시작한다. 그의 말에선 감상적인 산책자의 어투를 더 이상 찾을 수 없다. 그래도 모스크바 골목길들은 여전히 등장하며, 한 젊은이에 대한 이야기도 있다. ("그 당시 난 내가 세상에서 가장 행복한 사람이라 믿었다오." 그가 씁쓸한 미소를 지으며 말한다.) 5월의 소나기에 흠뻑 젖은 흰 셔츠를 입은 청년, 어느 벽보 앞에 멈춰 서서 가슴을 두근대며 자신의 이름을 읽는 청년, 알렉세이 베르그.

*

　예전에 그는 이들 벽보에서 극작가인 아버지의 이름을 찾곤 했고, 때로 어머니의 독주회가 열릴 땐 빅토리아 베르그라는 어머니의 이름을 찾기도 했었다. 벽보에 든 자신의 이름을 마주하는 건 그날이 처음이었다. 일주일 후인 1941년 5월 24일에 열리는 그의 첫 연주회.

　소나기에 젖어 거의 투명해지다시피 한 벽보엔 앞서 붙인 벽보의 내용(낙하산을 펼치고 뛰어내리는 경기)이 드러나 보였고, 빗물에 들떠 일어난 차이콥스키의 옆얼굴은 왕의 어릿광대 같아 보였다. 연주회는 볼베어링 공장 문화원에서 열릴 예정이었다. 하지만 그 무엇도 그의 기쁨을 망칠 순 없었다. 이 연푸른 종이가 발하는 행복감은 단순한 자부심을 넘어서는 훨씬 복잡한 것이었다. 물러나는 폭풍우에서 갓 태어난, 데칼코마니처럼 촉촉이 빛나는 저녁나절의 기쁨도 한몫했다. 햇빛에 반짝이며 부서지는 빗방울들에선 나뭇잎 냄새가 났다. 문화원이 자리한 도시 외곽에서 중심가를 향해 걸을 때, 빗물에 검게 젖은 이 거리들이 전해주는 기쁨. 그의 연주가 마련된 홀은 벽마다 공작기계의 사진들로 뒤덮이고 음향 효과도 신통치 않았지만, 그래도 공기처럼 가벼운 축제의 분위기가 느껴졌었다.

그 저녁 모스크바는 공기처럼 가벼웠다. 그가 속속들이 아는 그물망 같은 골목길들을 걷노라면 발밑에 사뿐히 와 닿는 도시. 생각 속에서 물처럼 유동하는 도시. 그는 돌다리 위에 잠시 멈춰 서서 크렘린을 바라보았다. 회청색의 변화무쌍한 하늘 탓에 일련의 둥근 지붕들과 성벽들은 불안정하다 못해 춤을 추는 듯했다. 왼쪽으로 눈길을 돌리면 넓디넓은 공지가 보였다. 수년 전 구세주 성당이 폭파되고 남은 자리.

수년 전… 다시 걸음을 옮기며 알렉세이는 이어진 날들을 머릿속에 떠올리려 애쓴다. 성당이 파괴된 건 1934년이었고, 당시 그는 열네 살이었다. 매번 폭발이 있을 때마다 보도가 흔들리는 짜릿한 기분을 맛보았었다. 행복한 시절이었다. 1934, 35, 36년… 그러다 갑자기 긴긴 40년대가 역병처럼 닥쳤다. 도시가 그들 가족의 숨통을 조여왔다. 어느 저녁 그는 계단을 오르다가 한 남자가 중얼거리는 소리를 듣는다. 남자는 넋 나간 사람처럼 들릴 듯 말 듯 희미한 독백에 빠져 바로 위층 계단을 오르고 있었다. "아니, 안 돼요, 날 고발할 순 없소… 그렇다면 증거를… 증거

28

를…" 이 몇 마디가 알렉세이의 귀에 와 박혔는데, 그는 상대의 속마음을 엿들은 터라 마음이 거북해져 발길을 늦추다가 불쑥 아버지의 얼굴을 알아본다. 중얼대는 저 초라한 남자가 그의 아버지였다니!… 40년대가 이어진다. 입에 담아서는 안 되는 말들이 생겨난다. 30년대 초에 아버지가 펴낸 『연극사전』이 모든 도서관 서가에서 제거되었다. 그 책에 인용된 일부 이름들이 사라지는 건, 이름의 주인들이 사라졌기 때문이다. 수업 시간에 알렉세이는 순식간에 벌어지는 체스 말의 이동에 주목한다. 급우들이 그의 곁에 남지 않으려고 자리를 옮긴다는 것. '체스의 말을 움직이고 있군.' 그는 씁쓸한 심정이 되어 생각한다. 교실 밖으로 나서는 순간엔 모두가 날쌔게 그를 비켜 가는데, 마치 스키 타는 사람이 곳곳에 장애물이 배치된 코스를 달려 내려가는 듯하다. 음악원에서 마주치는 이들 역시 모두 사시(斜視)가 되었는지 그의 시선을 피하며 곁눈질한다. 그들의 얼굴은 언젠가 그가 역사책에서 본, 흑사병이 창궐하는 도시 주민들이 착용했던 기다란 코의 끔찍한 마스크를 상기시킨다. 그가 인사를 던지면 친구들은 고개를 돌린 채 흘겨보며 건성으로 답하는데, 비스듬한 낯으로 외면하는 그들의 코가 곤충의 말린 침처럼 길게 늘어나 보인다. 그들은 자리를 뜨기 위해 더듬더듬 핑계를 대며, 그 방역 마스크 안을 채운 허브 냄새를 들이마신 듯 숨을 내쉰다… 39년 겨울, 그는 부모님의 밀담을 엿듣게 되며, 한밤중에 그들이 계획을 실행에 옮기는 장면을 목격한다. 아버지의 오래된 바이올린을 부엌 화덕에 집어넣고 불태운 것이다. 가족의 친구이자 훌륭한 바이올린 연주자였던 투카체프스키 사령관은 만찬 후에 초대객들을 위해 두세 차례 연주를 했었는데, 37년에 그가 처형당했을 때 왁스 칠이 벗겨진 작은 바이올린이 죄를 입증하는 명백한 증거물이었다… 체포당하고 심문당할 것이 걱정된 부모님은 그날 밤 바이올린을 불태운다. 넋이 나간 아버지가 현을 풀어두는 걸 잊는 바람에 알렉세이는 반쯤 열린 방문 뒤에 숨어 불길 속에서 현들이 현란한 아르페지오를 발하며 끊어지는 소리를 듣는다… 그 밤 이후로 그들 가족이 숨 쉬는 공기는 한결 가뿐해진다. 아버지가 쓴 극이 다시 상연되고, 여전히 드문 일이긴 해도 벽보에 어머니의 이름이 다시 등장한다. 1940년 한 해 동안은 사람들도 점점 그의 시선을 피하지 않게 된다. 눈병이 치유되어 간다고나 할까. 그는 사팔뜨기 흉내를 냈던 친구들과 송년 파티에 와 있다. 그날 밤 그들이 추는 탱고곡 중 하나는 제목이 〈비로드 눈길〉이다. 공포와 굴욕의 나날을 보낸 덕에 그는 '비로드'라는 말에 담긴 우수와 그의 품에 안긴 소녀들의 눈길이 지니는 가치를 가늠할 수 있다. 겨우 스무 살인 그는 까마득히 뒤처진 상태로 탱고와 포옹과 키스를 따라잡아야 한다. 기어이 따라잡고야 말리라 결심한다. 그러려면 그 밤과 불타는 니스 냄새, 불길 속에서 신음하는 현들의 단말

마를 잊어야 한다 해도 말이다.

　그는 크렘린을 뒤로하고 가로수 길로, 빗물로 묵직해진 나뭇가지들 아래로 뛰어든다. 가끔씩 뇌리에 떠오르는 바이올린 사건, 한밤의 공포, 흑사병 환자가 겪는 고독의 나날들은 현재의 행복을 더한층 황홀한 무언가로 맛보게 해주었다. 한밤중에 부모님이 속삭이던 소리, 불타는 니스의 매캐한 냄새. 37, 38, 39년, 이 우울한 세 해에서 남은 거라고는 그게 전부였다. 그 후 그의 삶을 가득 채운 온갖 기쁨들에 비하면 아무것도 아니었다. 그렇다, 가슴팍에 달라붙은 젖은 셔츠, 젊고 유연하고 단단한 자신의 몸에 대해 느끼는 희열만으로도 그 전염병의 시절 맛보았던 불안을 떨쳐낼 수 있었다. 무엇보다 한 주 후면 자신의 연주회가 열릴 터였다. 상상 속에서 그의 부모님은 연주홀 맨 뒷줄에 자리하고(그렇게 익명으로 참석해 달라고 그가 완강히 설득했으니까), 맨 앞줄엔 송년회 밤 파티에서 〈비로드 눈길〉을 함께 춤추었던 아가씨들 중 한 명이 앉아 있다. 레라.

　그의 생각은 다시 데칼코마니로 향했다. 온 세상이 이 색채의 유희를 닮아 있었다. 나쁜 기억이라는 잿빛의 얇은 종이를 벗겨내기만 하면 기쁨이 샘솟았다. 그렇게 5월 초, 레라의 눈부신 나신이 터져 나왔다. 다차*의 복도에서 들리는 소리에 귀를 세운 채 아직은 남몰래 성급한 키스를

---

* 러시아인들이 주말이나 휴가철에 휴식을 즐기는, 텃밭이 딸린 간이 별장.

나누며, 둘의 손이 함께 벗겨낸 갈색 원피스 안에서. (노(老)물리학자였던 그녀의 아버지는 테라스에서 일을 하다가 때때로 차 한 잔 혹은 쿠션 하나를 갖다 달라고 했다.) 때 묻지 않은 건전한 나신이었다. 그 시절 가벼운 운동 셔츠 차림으로 '영예로운 젊음'의 대열에서 행진하던 그 젊은이들의 몸. 그런 몸, 그런 나신. 레라의 입에서 나오는 말 역시 몹시 건전했다. 그녀는 가족에 대해, 미래에 소유할 아파트에 대해, 아이들에 대해 이야기했다. 알렉세이는 이 결혼으로 인해 자신도 결국 다른 이들과 똑같은 사람이 될 것임을 예감했다. 불길에 타들어 가는 현들의 화음에 몰래 귀 기울이던 소년의 모습은 지워질 것이었다. 실제로 그가 가정이라는 그들의 새로운 둥지보다 더 소망했던 건 아버지가 소유한 차였다. 장거리 운행이 가능한, 호화 선실처럼 넓고 편안한 그 검정 엠카를 그는 이미 운전할 줄 알았다. 그 겁먹은 소년에게서 완전히 벗어나려면 그 차와 자신, 레라, 푸르스름한 띠처럼 지평선을 수놓은 숲을 상상하기만 하면 되었다.

그의 생각은 보르라는 음악적인 이름을 지닌 마을 다차에서 보낸 날들로 미끄러져 갔다. 여고생의 옷을 던져버리고 대담하기 짝이 없는 애무에, 관능적인 몸싸움과 난폭한 웃음에 내맡겨진 그 몸의 데칼코마니로 향했다. 족쇄가 채워진 욕구 탓에 눈물로 시야가 흐려진 채 그들은 서로의 몸에서 떨어져 나온다. 젊디젊은 그 몸은 마지막 순간 빠져나가 동정을 지키며 조가비처럼 닫힌다. 이 유희가 알렉세이는 마음에 든다. 이 저항에서 그는 미래에 지켜질 정절의 약속을, 사려 깊고 신중한 아가씨의 약속을 읽는다. 딱 한 번, 의혹이 뇌리를 스친다. 깜박 잠이 든 그가 햇빛 가득한 방에서 깨어난 순간, 이미 일어나 문가에 선 레라가 속눈썹 사이로 보인다. 그녀가 돌아서서 그가 아직 잠들어 있는 줄 알고 내려다보는데, 그 시선이 그를 얼어붙게 만든다. 긴 코를 지닌 마스크들의 눈짓을 다시 보는 듯하다. 이 유사성을 지워 버리려고 그는 벌떡 일어나 문앞의 레라를 침대로 데려와서는 웃고 깨물고 몸을 빼는 유희를 다시 벌인다. 마침내 그녀가 품에서 빠져나가는 순간 그는 들뜬 행복감이 아닌 난데없는 피로를 느낀다. 강제로 연기해야 했던 무슨 연극을 마쳤을 때의 기분이랄지. 자신을 내어주는 동시에 닫아버리는 이 여체(女體), 매끄럽고 풍만한 이 몸은 다른 삶에 속해 있음을 예감한다. 결단코 그의 것이 될 수는 없을 삶. 아니, 그럴 리 없어. 그는 곧 고쳐 생각한다. 당연히 레라를 아내로 맞을 테고, 그들의 삶은 이 봄날 오후와 동일한 실체를 지닐 것이다. 불길 속에서 끊어지는 현들의 멜로디를 잊기만 하면 된다. 그들의 삶은 운동선수들을 위한 행진곡의 울림을 지닐 것이다. 그는 불타는 현들에서 치솟던 그 음들에 대해 언젠가 레라에게 얘기하려 했다는 사실을 떠올린다. 그녀는 그의 말을 자르며 열띤 어조로 이렇게 충고했었다. "네가 스포츠 행진곡을 쓸 수 있다면 얼마나 좋을까!"…

　건물 안뜰에 들어선 그는 그 순간 마음속에서 눈뜨는 불안을 피할 수 없었다. 베틀쉽 보드게임! 공포정치가 있던 시기 어느 날 그는 눈앞에 그 창들을 ─ 그의 집 창들이 정면 한복판에 있었다 ─ 바라보며 그런 생각을 했었다. 예측불허의 보이지 않는 손이 칸들을 하나씩 지워나갔다. 밤의 끝 무렵 검은 승용차 하나가 불쑥 찾아와 그 안의 사람들을 차 안에 던져 넣은 다음 먹이를 싣고 떠날 때마다. 아침이면 사람들은 이제 어느 집이 비워졌는지 알게 되었다. 누가 표적이 되었고, 침몰했는지를…

　그의 시선이 이 세 창문 쪽으로, 무수한 침몰 한복판에서 살아남은 세 개의 칸들 쪽으로 미끄러졌다. 예전의 그 공포는 사라지고 없었다. 그것에 자리를 내주기엔 현재 느끼는 행복이 너무도 강렬했다. 알렉세이는 단 한 가지 사실만이 아쉬웠다. 그 저주받은 시절로 말미암아, 뭐라 정의 내리기 어려운 몹시 중요한 그의 삶 한 단계가 잘려나갔다는 것. 젊음이 피어나는 시기, 고양된 감정 속에서 꿈꾸는 시기, 여성을 시적 이미지로 바라보면서 다가설 수 없는 그 육체를 신성시하며 사랑의 기적을 갈구하는 시기가 말이다. 그 무엇도 그의 것이 될 수 없었다. 성당이 폭파되며 뒤흔들린 보도와 유년기로부터 내동댕이쳐져, 공포 시대를 훌쩍 건너뛰어, 곧장 성년의 삶으로 진입했다는 느낌이었다. 레라가 그에게 거의 남김없이 ─ 결혼을 위해 유보된 그것만을 제외하고 ─ 내어준, 탄탄한 근육의 이 아름다운 나신을 향해 말이다.

계단을 오르며 그는 매 층계참마다 멈춰 서서, 떠나간 이들과 새로 도착한 이들의 수를 따져보았다. 특히 '베틀쉽 게임'의 열기가 극에 달했던 37, 38, 39년을 떠올렸다. 사람들은 잠을 자다 일어나, 마치 무슨 악몽 속으로 미끄러져 들어가듯 이곳을 떠나야 했었다. 그의 집 바로 아래층 집에도 한 가족이 살았었다. 한밤중에 그 가족이 떠나기 며칠 전, 길에서 마주친 그 집 어린 딸은 그에게 대로에서 파는 아이스크림의 새로운 맛 이야기를 해주었었다…

그는 발길을 재촉하며 오페라의 한 곡조를 흥얼거리기 시작했다. 어머니의 레퍼토리에 들어 있던, 흥겨운 사랑의 변조가 가미된 곡조. 집 안에서 그 소리를 들은 어머니가 미소 짓는 얼굴로 그에게 문을 열어주었다.

*

연주회가 열리기 이틀 전, 그는 마지막 연습을 하러 공장 문화센터로 갔다. '리허설'을 하는 거라고, 부모님께는 점심 식사 중에 말해두었다. 오후 내내 연습을 했고, 프로그램에 나와 있는 곡 전체를 연주해 보다가 어머니의 충고를 떠올리며 잠시 멈추었다. 연습을 많이 하다 보면, 예술이라면 없어서는 안 될 한 점의 기적 혹은 마술이랄 수 있는 내면의 그 신선한 떨림을 때론 잃게 된다는 것. "긴장도 마찬가지란다. 전혀 긴장하지 않는다면 나쁜 징조야…" 어머니는 덧붙여 말했다.

귀갓길에서 그는 그 유익한 공포, 고무적인 떨림에 대해 생각했다. 방금 전 연습에서 그가 느끼지 못한 것들이었다. '그렇게 증기에 뒤덮여 연주를 하니…' 그렇게 그는 변명거리를 찾았다. 뿌옇고 굼뜬, 몹시 더운 날이었다. 색깔도 활기도 없는 하루. '긴장도 없는' 하루라 생각하며 그는 미소 지었다. 어머니는 무대 공포증을 한 번도 느껴본 적이 없다고 자신하는 젊은 여배우들 얘기도 그에게 해주었다. 그들에게 사라 베르나르*는 아이러니한 너그러움을 보이며 예고했노라고. "조금 기다려 보세요. 재능과 함께 그것도 찾아들 테니…"

대로의 푸른 초목들 아래로도 불활성의 축축한 기운이 고여 주변 소음을 먹먹하게 만들었고, 나무와 벤치와 가로등 기둥들을 회색 그림자로 감쌌다. 실수로 발을 들인 하루, 예전에 이미 경험한 적 있는 그런 하루의 그림자. 알렉세이가 가로수 길을 벗어나 지름길로 들어서는 순간, 일렬로 늘어선 나무들 사이로 한 형체가 불쑥 나타났다. 그의 이웃이라는 걸 그는 대번 알아보았다. 안마당에서 종종 체스판을 들여다보며 앉아 있곤 하는 퇴직한 남자. 남자는 자동 인형처럼 기이하고 빠른 걸음으로 그가 있는 쪽으로 곧장 걸어왔는데 그를 알아본 것 같지는 않았다. 알렉세이는 벌써 그에게 인사하고 악수할 태세였지만, 남자는 상대에게 눈길을 주지도 걸음을 늦추지도 않은 채 지나쳐 갔다. 그렇게 모른 척 지나가려는가 싶었는데, 마지막 순간 노인의 입술이 살짝 움직였다. 아주 낮지만 또렷한 음성으로 남자가 속삭였다. "집으로 가지 말아요." 그렇게 말한 뒤 남자는 걸음을 재촉하며 좁은 샛길로 들어섰다.

알렉세이는 영문을 모르는 채 잠시 머뭇거리며 서 있었다. 자신의 귀를 의심했고, 방금 전에 들은 말을 이해할 수도 없었다. 서둘러 노인을 뒤따라가 사거리에서 따라잡

---

* 19세기 유럽 무대에서 명성을 떨쳤던 전설적인 프랑스 연극배우.

았다. 알렉세이가 설명을 요구하기도 전에 남자는 상대의 눈길을 계속 피하며 소곤댔다. "집에 가지 말아요. 달아나요. 거긴 상황이 안 좋아요." 그리고 남자는 이미 빨간불이 들어와 자동차 한 대가 경적을 울리는 건널목을 종종걸음으로 건너가 버렸다. 알렉세이는 그를 좇던 일을 그만두었다. 고개를 돌리는 그 얼굴에서 긴 코의 마스크를 본 참이었다.

정신을 차리고 생각해 보니 참 어이없는 일이었다. "거긴 상황이 안 좋아요." 미친 사람의 헛소리. 무슨 사고가 난 걸까? 아니면 병? 부모님 생각이 났다. 무슨 상황인지 왜 분명히 말하지 않았던 걸까?

그는 망설이다가 안마당으로 곧장 들어서는 대신 아파트 단지 주위를 돌며 다른 건물 계단을 올라갔다. 계단곁 창들이 그의 집 정면 쪽으로 나 있는 건물이었다. 마지막 층계참은 세대가 사는 대신 지붕 밑으로 곧바로 연결되었다. 일찍이 그곳에서 첫 담배를 피운 경험이 있어 알게 된, 일종의 감시 초소였다. 어렴풋이 죄책감이 드는 것도 그때와 비슷했다. 좁다란 여닫이창을 통해, 은퇴한 노인들이 신문을 읽거나 체스를 두는 안마당이 한눈에 내려다보였다. 창유리에 이마를 바싹 갖다 대면 그의 부모 방 창들과 주방 창을 식별할 수 있었다. 그렇게 동정을 살피고 있으려니 입안에 첫 담배 맛이 느껴졌다.

창유리에 얼굴을 갖다 댄 채 그는 한참을 그렇게 남아

있었다. 그의 아파트 정면이라면 기둥의 돋을새김 장식 하나까지, 창들에 드리운 커튼 무늬까지 속속들이 알고 있었다. 그의 집 높이까지 자란 보리수 이파리들이 뿌연 저녁 열기 속에서 미동도 하지 않고 무슨 신호를 기다리는 듯했다. 5월 저녁나절치고는 마당에 나와 있는 사람들이 이렇게 없다는 게 놀라웠다. 그곳을 지나치는 사람들도 졸음에 빠진 좁은 길로 말없이 미끄러지듯 잽싸게 사라져 버렸다. 계단곬조차 아무도 드나드는 이가 없는 듯 고요하기만 했다. 귀에 들리는 소리라고는 작은 자전거를 탄 남자아이가 초롱꽃이 피어 있는 화단 주위를 쉴 새 없이 돌며 밟는 페달 소리뿐. 한순간 아이가 자전거를 멈추고 눈길을 들었다. 알렉세이는 깜짝 놀라 여닫이창에서 물러섰다. 아이가 그를 본 것 같았다. 정확하고 냉혹한 눈빛, 어른의 눈빛이었다. 어른의 얼굴을 한 아이였다. 자전거를 탄, 교활한 낯짝의 작은 어른.

자전거 바퀴 구르는 소리가 다시 들렸다. 그처럼 겁을 먹다니, 어이없는 일이었다. 먼지 낀 창유리 뒤에서 이렇게 망을 보는 건 바보 같은 짓이었고, 그를 다른 사람으로 착각한 게 분명한 이웃집 노인의 경고도 마찬가지였다.

그는 당장에 내려가 공포를 추월해 집으로 돌아가고 싶었다. '무대공포증…', 그렇게 마음속으로 스스로를 비웃으며 계단을 달려 내려갔다. 그러나 두 층 내려와 발을 멈추었다. 한 부부가 건물 안으로 들어서서 계단을 오르기 시작해 그는 숨어 있던 곳으로 물러나지 않을 수 없었다. 그는 다시 그의 집, 그리고 아래층 집 창들을 살펴보다가, 왜 자신이 이곳에서 이러고 있는지 불쑥 이해했다…

공포정치 시기 동안 그 집은 세 차례나 비워져야 했었다. 사람들이 와서 우선 비행기 제작자와 그의 가족을 데려갔다. 마당에서 들리는 소문에 의하면 제작자의 조수가 상사를 고발한 뒤 그 직위와 아파트를 차지한 것이었다. 이렇게 가족과 함께 그곳에 정착한 그는 주방에 새 가구를 들이며 그 새로운 환경이 영원히 지속될 거라 여겼다. 그러나 6개월 뒤, 이번엔 그들이 떠나야 할 차례였고, 한밤중에 그들의 아이 울음소리가 들려왔다. 아직 잠이 덜깬 아이가 자신의 애착 인형을 달라 했지만, 긴박한 체포 상황에서 아무도 가져올 생각을 못한 터였다. 그리고 한 주가 지나 국가보안위원회 제복을 입은 남자가 이사해 들어왔다. 남자는 계단에서 이웃을 만나면 멈춰 서서 무뚝뚝한 얼굴로 빤히 쳐다보며 상대의 인사를 기다렸다. 그의 아들은 젊은 멧돼지처럼 보였다. 바로 그 아들이 어느 날 우악스러운 짐승처럼 알렉세이를 벽에 힘껏 밀어붙이고는 이를 갈며 중얼댔다. "요 썩어빠진 인텔리겐치아 놈, 네 놈이 그 잘난 피아노를 여전히 두드려 대겠단 말씀이지? 조금만 기다려 보라고. 내, 망치를 가져다 그 뚜껑에 못질을 할 테니까. 네 음악에 대고 말이다!" 알렉세이는 그 일에 대해 부모에게 아무 말도 하지 않았다. 어쨌거나 얼마

안 가 1938년이 저물 무렵 그 집은 또다시 비워졌다…

그는 창유리에 이마를 바싹 갖다 댔다. 부모님 방 커튼이 움직이는 것 같았다. 아니, 착각이었다. 그 멧돼지 청년에게로, 그 부어오른 얼굴과 모욕적인 언동으로 생각이 옮아갔다. 무엇보다 그의 협박이 생각났다. 물론 전혀 근거 없는 단언이었지만, 종종 실현 가능한 무엇처럼 여겨질 때도 있었다. 피아노, 뚜껑에 대못을 처박은 그의 피아노. 그러고 보면 이 순간 그가 거미줄로 뒤덮인 이 여닫이창 앞에서 망을 보는 것도 그 젊은 멧돼지 때문이었다. 12월 어느 밤 그가 사라진 덕분에 그 누구도 안전하지 않다는 걸 알렉세이는 이해했다. 승자들조차도. 인민의 적들과 용감하게 맞서 싸운 이들조차, 심지어 그들의 아이들조차도.

바로 그때, 조금 전 길에서 마주친 노인이 침착한 걸음으로 안마당을 가로지르는 모습이 보였다. 노인은 창가에서 꽃에 물을 주고 있는 한 여자에게 손을 흔들어 보이며 인사하더니 출입문 안으로 사라졌다. 이미 해 질 무렵이라 노인의 얼굴에 나타난 표정은 볼 수 없었다. 그 순간, 그 느낌에 화답이라도 하듯 그의 부모 방 커튼이 불빛으로 물들었다. 몹시 낯익은 실루엣 하나가 나타났다. 어머니의 모습을 본 것 같았다. 한 손이, 물론 어머니의 손이 커튼을 열어젖혔다. '난 바보천치야. 세상에 둘도 없는 겁쟁이.' 이런 생각을 하는 순간 가슴속이 놀랄 만큼 후련해지는 걸 느꼈다. 이제 그의 시선은 줄줄이 불이 밝혀지기 시작하는 창문들 쪽으로 거침없이 미끄러졌다. 5월의 고요한 저녁나절, 잠이 들 것만 같은 평화로운 풍경. 그가 숨어 있는 건물 아래층 어느 문이 쾅 하고 닫혔다. 자물쇠 거는 소리, 말소리, 정적. 그는 잠시 더 기다리기로 했는데, 이번엔 그저 호기심 어린 눈길들을 피하기 위해서였다. '게다가 토요일엔 내 연주회가 열릴 텐데…' 내면의 낙관적인 목소리가 거들었다. 이 목소리가 대로에서 만난 그 미친 노인이 상상해 낸 위험을 결정적으로 떨쳐낼 수 있게 해주는 듯싶었다. '집으로 돌아가야지. 이웃 사람들의 불평을 사기 전에 아직 한 시간은 연습할 시간이 있을 거야.'

그는 맞은편 건물을 마지막으로 한번 더 바라보았다. 그간의 긴장으로 멍해진, 이미 근심을 내려놓은 시선이었다. 그런데 바로 이 시선 속에, 어둑어둑한 그의 집 주방 창문 안쪽에서 안마당을 위아래로 살피고 있는 한 장교의 모습이 포착되었다.

계단이 끝도 없이 이어지는 것 같았다. 지그재그로 착시처럼 한없이 연결되는 난간을 따라 그는 미친 듯이 달려 내려갔다. 거리로 나오고 연이어 지하철 통로로 들어서서도, 역에 이르러서도, 소용돌이치는 불길한 계단곬로 계속 빠져드는 듯했고, 매 순간 아가리를 벌릴 기세인 문들을 요리조리 피해 가는 느낌이었다. 멜빵을 착용한 남자의 실루엣이 드러난 한 창문의 광경이 시야에 들러붙어 떠나지 않았다. 달리는 게 아니었다. 추락하고 있었다.

추락은 매표소 앞에서 멈추었다. 여직원이 과자 상자에서 장밋빛 알사탕 하나를 꺼내 입 안에 넣었다. 돈을 받고 거스름돈을 내주는 사이에도 사탕을 깨물며 입을 우물거렸다. 알렉세이는 놀라 어안이 벙벙해진 채 그녀를 빤히 바라보았다. 그렇게 창구 너머에선 마술적이라 할 만한 세계가, 사탕과 미소 어린 하품으로 이루어진 경이로운 일상이 펼쳐지고 있었다. 방금 전에 그가 쫓겨난 세계였다.

그가 없이도 평화롭게 지속되는 이 삶을 보며 충격에 빠진 그는 보르의 다차에서 일어난 일에 대해서도 놀라지 않았다. 교수인 레라의 아버지는 평상시 서재에 박혀 지내며 누가 부르거나 초인종이 울려도 듣지 못했는데, 그런 그가 알렉세이에게 즉시 문을 열어준 것이다. 그것도 밤 열한 시에. 알렉세이는 상대가 그의 말을 듣는 둥 마는 둥, 마치 기다리고 있었다는 듯 이미 주방 식탁 위에 차려진 식사를 서둘러 대접하는 걸 보고도 전혀 놀라지 않았다. 부모에게 닥친 일을 설명하려는 그에게 교수는 이렇게만 말했다. "먹게나, 많이 먹어! 그런 다음 잠을 좀 자도록 하게. 자고 나면 생각이 정리될 테지." 그는 이 말을 여러 번 기계적으로 되뇌었는데, 마치 이 젊은이의 방문 탓에 끊긴 성찰을 마무리하려는 사람 같았다.

기이한 일이지만, 알렉세이는 흥분에 들떠 있었음에

도 순식간에 깊고 짧은 잠에 빠져들었다. 그 속에 숨어 있다가, 창구 너머 한 젊은 여자가 사탕을 빨고 있는 세계에서 깨어나길 바랐다. 꿈속에선 이 창구가 더 아래, 거의 바닥에 자리해 있었고, 그는 몸을 구부려 발밑 환기창을 통해 간신히 한 얼굴을, 그러니까 창구 여직원의 얼굴이 아닌 레라의 얼굴을 알아보았다. 무슨 수치스러운 일에 몰두해 있다가 들킨, 레라인 듯싶은 희미한 형체. 비에 젖은 벤치에 앉아 있는 그 은퇴한 노인도 나타났다. 알렉세이는 노인과 체스를 두고 있었다. 체스판 대신 이 게임과 관련된 듯한 그림을 담은 무슨 해부 도감의 책장들이 깔려 있었다. 노인에겐 자명한 그 연관성이 무언지 알렉세이는 가늠할 수 없어 공포에 질린, 그런 꿈이었다. 그러다 어머니의 모습이 나타나 시를 암송하더니 갑자기 절망적인 새된 소리로 노래하는 바람에 그는 목구멍에 갇혀 나오지 않는 절규를 내지르다 잠에서 깨어났다.

손목시계를 보니 세 시 반이었다. 창밖엔 어둠이 차츰 물러나고 있었다. 알렉세이는 방을, 가구들의 윤곽을 주시하며 냉정에 가까운 심정으로 생각했다. '나를 밀고하려는 걸 거야…' 한순간, 간밤에 미처 깨닫지 못한 이상한 점들이 출구 없는 논리로 귀결되었다. 밤늦게 잠자리에 드는 법이 없는 교수가 초인종이 울리기 무섭게, 그것도 옷을 제대로 갖춰 입은 채로 문을 열어준 것이다. 아내 없이는 아무것도 할 줄 모르는 사람인데 마침 아내도 없는 데다,

레라마저 없었다. 침실 역시, 어찌 보면 손님을 맞을 준비가 완벽히 갖추어져 있었다. '나를 밀고하지는 않을 거야. 그들이 들어오게 놔둘지는 몰라도…'

그는 자리에서 벌떡 일어나 옷을 입은 다음, 방문을 걸쇠로 잠그고 창문을 뛰어넘었다.

평소에 레라와 연못에 미역을 감으러 가기 위해 걷던 오솔길 어귀에서 그는 망설이다 발길을 돌렸다. 집 뒤편의 낡은 창고로 들어가 한 통나무 위에 앉아 기다리기로 마음먹었다. 아니, 기다리지 않아도 되었다. 다차들이 자리한 구역을 둘로 가르는 간선도로 끝에서 자동차 엔진 소리가 들렸다. 차가 멈추었다. 아직 어둠이 걷히지 않은 정적 속에서 문 두드리는 소리와 은밀히 주고받는 말소리가 들렸다. 그리고 애원조면서도 위엄을 잃지 않으려는 교수의 목소리가 보다 또렷한 어조에 실려 들려왔다. "동무들, 나한테 약속했다시피… 여린 청년이오. 제발! 분명 그의 부모는…" 누군가가 신경질적인 말투로 교수의 말을 잘랐다. "이보세요, 교수님. 자신과 상관없는 일에 끼어들지 마십시오! 심문을 받으면 그때 말하세요…"

오솔길로 내처 달리는 알렉세이의 귓전에, 집 안에서 무언가를 요란하게 두드려 대는 소리가 와 닿았다.

훨씬 나중에 그가 엉뚱하고도 무자비한 운명의 아이러니한 장난을 간파했을 때, 사실 그가 살아남은 건 독일

45

인들 덕분임을 이해하게 될 터였다. 그 해 1941년 4월부터 — 좀 더 막연하긴 해도 이미 그 전부터 — 모스크바에선 이미 서구에서 가해오는 위협에 대한 이야기가 있었다. 그때마다 그의 어머니는 우크라이나의 어느 외진 마을에 사는 여동생 가족을 떠올렸다. 말하자면 모스크바로 한 번도 초대한 적이 없는 가난한 친척들이었다. 폴란드 국경에 인접한 이 촌락엔 언제 전쟁의 불똥이 튈지 몰랐다. "절대 그런 일은 없을 거야. 독일인들이 국경을 넘는 걸 우리 군대가 보고만 있지는 않을 거야." 아버지가 끼어들곤 했다. "예기치 못한 일이 벌어져 그들이 몇 차례 폭격을 가한대도 전혀 걱정할 것 없어요. 내 차를 가져다 당신 여동생 집으로 달려가 그들을 당장 모스크바로 데려올 테니까." 가족이 함께하는 저녁 시간이면 때때로 그 이송 계획이 화제로 떠오르곤 했다.

알렉세이의 기억으론, 그가 걸어서 모스크바 변두리에 다다른 건 아침 여섯 시 경이었다. 그에게 도움을 베풀 만한 음악원 동료들의 이름이 머릿속에서 웡웡댔지만 한 명씩 따져 볼 때마다 확신이 서지 않은 채 지워 내곤 했다. 그러다 우크라이나에 산다는 이모를 비롯해 자동차로 그들 가족을 데려온다는 계획이 생각나, 그 착상이 비현실적인 무언가로 비치기 전에 서둘러 실현에 옮기기로 마음먹었다.

그의 아파트에서 도로 몇 개를 지나면 나오는 차고는

파괴된 수도원 벽에 바싹 붙어 있었다. 그 시간 그곳엔 사람의 그림자도 보이지 않았고, 차고들의 문은 모두 잠겨 있었다. 그는 발꿈치를 들고 나비를 잡을 때처럼 숨을 죽인 채 물결 모양의 함석지붕 밑 작은 틈새로 손을 밀어 넣었다. 무얼 잘 잃어버리는 아버지가 복사한 열쇠를 종종 넣어두곤 하는 곳이었다. 초조하게 더듬는 그의 손끝에 불쑥 금속 물체가 와 닿았다.

그는 자동차 트렁크에 휘발유 두 통을 예비로 비축해 넣은 다음 차에 오르기 전 주위를 둘러보았다. 피로와 공포로 멍해진 정신이 깨어났다. 천장에 흐릿한 알전구 하나가 달린 차고, 이 휘발유 냄새, 아버지의 손길이 닿은 물건들. 그들 가족의 삶이 남기고 간 마지막 그림자일까?

걸을 때마다 자갈 밟는 소리가 났다. 알렉세이는 운전석으로 미끄러져 들어갔다. 머릿속이 텅 비고 심장 박동도 멈추었지만, 익숙한 동작을 실행할 준비가 된 몸은 반쯤 열린 차고 문을 박차고 묵직한 검은 차량을 내몰았다… 바깥으로 나오자 위험과는 무관한 일련의 소리들이 이어졌다. 짤그락거리는 열쇠 꾸러미 소리, 삐걱대는 경첩 소리, 출발.

교차로에서 멈추고 생각해 보니, 모스크바를 벗어나 운전할 기회가 단 한 번 있었다. 레라를 보르의 다차로 데려다주기 위해서였다.

차 안에 비치된 한 뭉치 되는 도로 지도들 중에는 이모가 사는 우크라이나 지방 지도도 있었다. 상의와 낡은 제모 하나가 뒷좌석에 굴러다녔다. 그는 그 옷을 입고 모자를 썼는데, 덕분에 검문소를 쉽게 통과할 수 있었음을 나중에 알게 되었다. 무엇보다 이 제모를 쓴 탓에 어느 고위층 인사의 거처로 급히 차를 몰고 가는 운전기사처럼 보인 것이다. 모스크바에서 멀어질수록 이 큰 승용차는 사람들 눈에 잘 띄었다.

그렇게 이틀을 달리자 이미 시골길에 접어들어 있었다. 허름한 마차를 모는 젊은 농부와 마주쳤는데, 농부는 들판 한복판에서 불쑥 나타난 이 승용차를 보고 어안이 벙벙한 듯싶었다. 그는 강한 억양의 콧소리로 러시아어와 우크라이나어를 섞어가며 알렉세이에게 방향을 일러주었다. 알렉세이는 목적지에서 20여 킬로미터 떨어진 거리에 있었다.

어둠이 내릴 때까지 그는 계속 차를 몰았다. 그러다 차를 돌려 숲속으로 난 좁은 길을 따라 달렸고, 앞을 가로막은 큰 나무둥치 앞에서 차를 멈췄다. 정오 무렵에 통과한 작은 마을에서 산 빵 한 덩이를 다 먹어 치우고 허기가 채워지자 노곤한 졸음이 몰려오는 게 느껴졌다. 차 주위로 끝없이 숲이 펼쳐져 있었다. 나뭇가지와 그림자들로 이루어진 대양에서 한 구명대에 매달리듯 그는 시계를 보고 날짜를 확인하고 싶었다. 그래서 뒷좌석에 누운 채 나뭇잎들 사이로 들어오는 빛을 향해 팔을 들어 올렸다. 저녁 여덟 시 반밖에 안 된 시각이었다. 5월 24일…

"내 연주회!" 그는 자리에서 벌떡 일어나며 작게 소리를 내질렀다. 뒷좌석 차창에 붙은 아름다운 밤나방 한 마리가 수수께끼 같은 작은 글자로 뒤덮인 날개를 파닥이며 창유리에 꽃가루 자국을 남겼다. 이 두꺼운 창유리를 통해 바라보듯 그는 연주 홀을, 조명이 환하게 들어온 무대와 피아노를 향해 걸어가는 한 젊은이를 상상했다. 가슴 에이는 환영 속에 떠오른 이 삶을 그는 잠시 바라보았다. 어딘가에서 그 자신 없이 이어지고 있는 삶이었다.

아침에 그는 걸어서 숲을 떠나며 여러 차례나 뒤돌아보았다. 아직은 나지막이 떠오른 해가, 버려진 차량 내부를 황금빛으로 채우고 있었다. 어느 가족이 나무들 사이로 흩어져 산딸기를 따느라 세워둔 승용차 같았다.

이모는 조용히 귀 기울이며 그가 긴 이야기를 반복해 들려주어도 가만히 듣고만 있었다. 그녀는 그가 그런 식으로 새 삶에 적응할 것임을 예감했다. 정오 무렵 마을에서 돌아온 이모부 역시 별로 말이 없는 사람이었다. 알렉세이도 몇 주 뒤엔 이해하게 될 것이었다. 그의 방문과 이에 따르는 위험을 그들이 말없이 감수한 데에는 분명 그 이면에 그의 이해를 구하는 무언의 욕구가 숨겨져 있다는 것을. '그것 보렴. 우린 촌사람이지만 진심으로 너를 환영

한단다. 우릴 잊어버린 친지들일지라도 원망하지는 않아.'
그러나 지금 이 순간 그에게 필요한 건, 이야기하고 인정
받는 거였다. 설령 그가 모스크바에 남아 있었던들 부모를
위해 할 수 있는 일이 하나도 없었을 것임을 함께 확인하
는 거였다. 그사이 이미 이 집에선 그의 은신처가 잽싼 손
길로 마련되고 있었다. 이처럼 말과 동작을 아끼는 모습에
서 알렉세이는 37년도에 그의 가족이 경험한 공포라는 전
염병이 훨씬 앞서 이들을 덮쳤다는 사실을 떠올렸다. 그러
니까 20년대 말, 이 마을에서 생산수단의 공유화가 실시
된 초창기였다. 이모 부부는 잇따른 기근으로 두 아이를
잃었으며 이미 도망자들을 숨겨주곤 했던 것이다.

　　이모부는 그 은신처들 중 한 곳에 그가 머무르도록 했
다. 두 사람은 건초 창고로 갔다. 널빤지 사이로 스며드는
여명 속에서 창문도, 몸을 숨길 손바닥만 한 구석도 없는
빈 공간이 알렉세이의 눈앞에 나타났다. 망연자실한 그의
표정을 읽은 이모부가 미소 지으며 나지막한 목소리로 설
명해 주었다. "일종의 눈속임이지." 이모부는 널빤지 하나
를 밀어냈고, 그 안으로 머리를 들이민 알렉세이는 두 나
무 벽 사이로 너비 50센티미터가량 되는 일종의 좁은 통
로가 형성되어 있는 걸 보았다. 그 너머로 판자로 된 침대
와 벽에 고정된 선반이 보였고, 양동이와 단지와 사발이
하나씩 있었다. "네 모스크바 사람 코가 두엄 냄새에 익숙
해져야 할 게다. 그들이 개를 데리고 올지 몰라서 창고 주

위에 거름을 뿌려 두었거든…"

이틀 뒤 이모부는 다소 거북한 표정으로 그에게 알려왔다. "너한텐 괴로운 일이겠지만… 차를 말이다, 물속에 빠트려야겠구나. 그걸 함께 밀어 넣을 장소를 보여주마."

알렉세이는 벽으로 둘러싸인 좁은 공간에 자신의 몸과 움직임을 적응시키는 법을 재빨리 배워갔다. 그런 식으로 자신의 내밀한 삶을 유보하는 데 성공했다 싶었던 어느날, 널빤지 벽 너머로 이모부를 함부로 대하는 목소리가 들려왔다. "자네 조카는 근방에 있어. 목격한 사람들이 있거든. 자네 공간에서 우리가 직접 찾아내기 전에 우릴 돕는 게 자네한테 이로울 거야…" 이모부는 몹시 침착하게 울림 없는 목소리로 대답했다. "그 조카라면, 이제껏 한 번도 본 적이 없소. 조카를 찾아내면, 내겐 그 애를 알게 되는 기회인 셈일 거요…" 알렉세이는 입으로 숟가락을 가져가다 그대로 굳어버렸다. 이마에 붙은 파리를 쫓을 생각조차 할 수 없었다.

한밤중에 그는 은신처를 나와 일어서서 옷을 갈아입었으며 굳은 다리를 폈다. 평온한 들판과 하늘, 열기로 흐려진 별들, 이 모두가 신뢰와 삶의 환희를 일깨워 주었다. 이 모두가 거짓을 말하고 있었다.

널빤지들의 틈새 하나하나를 관찰해 둔 그는 그것들 밖으로 무슨 풍경이 보이는지 알고 있었다. 선반 위의 틈새로는 이 마을과 군청 소재지를 잇는 도로의 좁다란 한 자락이 보였고, 판자 침대 옆 틈새로는 마른 나뭇가지로 엮은 울타리 일부가 눈에 들어왔다.

어느 날 그는 이 울타리 밑에 술에 취한 한 남자가 마치 총에 맞아 쓰러진 사람처럼 잠들어 있는 걸 보았다. 남자의 웃옷 자락이 도로 흙먼지 속에 펼쳐져 있고, 그의 코 고는 소리가 건초 창고까지 들려왔다. 남이 무어라 생각하든 전혀 상관하지 않고 천하태평으로 곯아떨어져 있는 몸, 일시적인 죽음 속에 완전히 방치된 몸, 스스로에 대한 온전한 망각. 알렉세이는 격렬한 질투심을 느꼈다. 아니, 유혹을 느꼈다는 편이 옳았다. 코를 고는 이 시신에게 다가가 몸을 뒤져 신분증명서를 훔치고 그의 옷으로 갈아입은 뒤, 이 훔친 이름으로 새 삶을 사는 거다…

널빤지 거스러미가 뺨을 찔렀다. 알렉세이는 이 술 취한 남자를 무슨 기적의 발현인 양 응시했다. 적갈색 머리, 납작코에다 알렉세이보다 나이가 두 배는 되는, 자신과는 전혀 닮지 않은 남자였다. 그러나 신분을 훔친다는, 당장으로선 있을 법하지 않은 이 생각이 그의 뇌리에 새겨졌다.

어느 저녁, 이 널빤지들의 한 틈새로 이모부의 헌 마차가 멀어져 가는 모습이 보였다. 이모부가 고삐를 쥐었고, 이모는 일요장터에 내다 팔 채소 상자들 한복판에 앉아 있었다.

　한밤중, 잠결에 말발굽 소리가 들렸다. '벌써 돌아온 걸까?' 그는 아직 잠이 덜 깬 상태로 놀라 물었다. 쿵쿵대는 소리가 점점 커지더니 천둥소리를 방불케 했다. 널빤지 벽면에 어깨를 바싹 갖다 대니 진동이 느껴졌다. '말들이야!' 천지를 뒤흔드는 말발굽 소리로 가득했던 꿈이 그에게 속삭였다. 하지만 그는 곧 잠의 기만을 몰아내고 판자 침대에서 벌떡 일어났다. 비밀 출구인 널빤지를 밀치고 밤 속으로 나오자 불붙은 지평선이 보였다. 파도처럼 이어지는 폭격 소리가 이제 더 뚜렷이, 규칙적인 간격으로 들려왔다. 비행기가 한 대, 또 한 대, 차례로 집들의 지붕을 스칠 듯 저공 비행하며 지나갔다. 마치 공중곡예의 한 장면을 보는 듯했다. 하지만 도로는 이미 도망치는 사람들로 미어터졌다. 알렉세이는 서둘러 은신처로 돌아갔다. 두 널빤지 사이로 내다보이는 그의 시야에 잠이 덜 깬 두 아이를 비틀거리며 끌고 가는 여자와 암소의 등을 후려치는 노파가 포착되었다. 그다음엔 도망치는 무리와 부딪치며 맞은편에서 더 빠른 속도로 걸어오는 군인들이 보였다. 한 시간이 채 안 되어 연기가 피어오르고 총소리가 이어지더니 벽들의 겉칠이 벗겨져 내렸다. 으르렁대는 육중한 물체가 느닷없이 건초 창고를 스치듯 지나갔고, 바로 전날 이모가 물을 댄 채소밭이 그 무한궤도 바퀴에 깔려 엉망이 되었다.

　그는 바닥에 한참 동안 누워 있었다. 은신처 벽 여기저기가 총에 맞아 구멍이 뚫렸다. 소음이 차츰 단순해졌고 그 강도도 한풀 꺾였다. 여전히 들리는 몇 차례 고함소리, 무한궤도 바퀴 소리와 이젠 먼 데서 울리는 총소리. 그러다 종내 불길이 타오르는 휘파람 같은 소리만 들렸다. 알렉세이는 총탄에 숭숭 뚫린 벽 구멍으로 밖을 내다보았다. 울타리 근처, 두 주 전 술에 취해 잠든 남자를 보았던 바로 그 자리에 한 병사의 시신이 누워 있었다. 선탠을 하려는 듯, 떠오르는 해를 향해 피투성이 얼굴을 돌린 모습이었다.

그에게 신분을 제공할, 그가 원하는 남자를 찾기까지 이틀이 걸렸다. 잿더미가 된 마을에서 그런 일을 해내기는 불가능했다. 아직 생존해 있는 이에게 다가갔다가 도망치기도 했다. 도로에서 눈에 띄는 건 대부분 여자들이나 아이들, 혹은 나이가 너무 많은 남자들의 시신이었다.

꼬박 이틀을 그렇게 걸은 뒤 그는 어느 강 쪽으로 내려가 제방에 이르렀다. 폭격에 맞아 무너져 내린 다리 어귀에 치열한 전투가 벌어진 흔적이 그대로 남아 있었다. 죽음은 이 수십 명의 군인들에게 다양한 자세를 부여한 참이었다. 때론 그저 다리를 구부리고 누운 아주 평범한 모습도 있었지만, 때론 한 젊은 보병의 주검처럼 선동가의 몸짓으로 손을 멀리 내뻗은 비장한 모습도 보였다. 알렉세이는 덤불 뒤에 숨어 귀를 세우고 기다렸는데 신음 소리는 전혀 들리지 않았다. 아직 환한 저녁나절이었다. 마침

내 용기를 내어 다가가 바라본 죽은 이들의 얼굴에서 무방비 상태의 단순함이 고스란히 드러나 보였다. 독일군 시신은 이미 자기편 사람들이 데려간 게 분명해서 한 구도 남아 있지 않았다.

종종 커다랗게 열린 눈과 시선이 마주치면서도 그는 상대의 머리색과 키를 확인했다. 때때로 죽음에 매료당해 자신이 찾는 대상이 무언지 잊어버린 채 자동 인형의 무감각 상태로 빠져들었고, 스스로가 최면에 걸린 카메라로 화해 이 정지된 삶들을 하나씩 프레임 안에 배치했다. 그런 다음 다시 정신을 차리고 자신의 분신을 찾기 시작했다. 머리색, 키, 이목구비를 살피며.

강에 바싹 다가붙은 순간 그는 자신과 흡사한 얼굴을 발견했는데 그 군인의 머리는 갈색, 아니 검은색에 가까웠다. 그래도 자신의 금발을 밀면 되겠다고, 그러면 신분증에 들어 있는 사진으로는 차이가 거의 드러나지 않을 거라 생각했다. 그는 떨리는 손가락으로 상대의 군복 단추를 끄르고 붉은 별 마크가 찍힌 수첩을 꺼냈다가 서둘러 제자리에 두었다. 사진에 나타난 군인의 모습은 알렉세이와는 전혀 딴판이었고, 마치 목탄으로 그린 듯 머리털이 얼굴 윤곽을 에워싸고 있었다.

그는 다른 한 명 곁에 멈춰 서서 자신과 닮았다는 사실에 주목했다. 그러다 탄환에 찢겨나간 상대의 왼쪽 귀가 불쑥 눈에 띄어 잽싸게 물러섰다. 그런 부상을 입었대도 닮은 건 틀림없음을 곧 깨달았지만 이 피투성이 머리 쪽으로 발길을 되돌릴 용기를 낼 수는 없었다.

또 다른 주검을 발견한 건 우연이었다. 강기슭에 고인 냄새를 몸에서 떨쳐내려고 그는 물속으로 들어가 무릎까지 잠긴 채 얼굴과 목을 씻기 시작했다. 그 군인의 몸은 무너진 다리 기둥 아래 깔려 반쯤 으스러진 상태였다. 금발의 갸름한 얼굴과 가슴팍에 놓인 팔 하나만 보였다. 다가가서 몸을 숙이고 보니 놀랄 만큼 자신과 닮은 얼굴이어서 알렉세이는 기둥을 잡아 옆으로 치웠다… 그러다 깜짝 놀라 뒤로 물러섰다. 군인의 두 눈이 꿈틀대는가 싶더니 입술 사이로 빠른 말들이 안도의 신음 소리와 함께 속삭이듯 흘러나왔다. 독일어였다! 이어 길게 내뿜어진 피. 죽음을 의미하는 또 한 차례의 응시.

낯익은 얼굴들을 다시 보지 않으려고 그는 허겁지겁 강기슭을 떠났다. 이 도주에 대한 변명을 찾지도, '아마도 다른 곳에서…'라고 생각하며 스스로를 달래려 하지도 않았다. 자신 안에 그들을 들여놓고 그들 안에 스스로 들어가 봄으로써 자기 몸에서 쫓겨난 그는 죽음에 감염되어 텅 빈 자아가 되어 있었다. 그는 보폭에 리듬을 부여하며 혼자 중얼댔다. 예전의 자신으로 온전히 채워지기 위하여… 그러다 갑자기 걸음을 딱 멈추었다. 다른 주검들로부터 멀리 떨어진 곳에 한 군인의 시신이 물살에 얼굴이 씻긴 채 누워 있었다. 그가 찾던 얼굴 그대로였다.

알렉세이는 상대의 옷을 벗기기 시작했다. 그가 아닌 다른 누군가에 속한 듯한, 다소 거칠고 민첩한 동작으로… 옷을 다 입고 보니 군화가 발에 너무 끼었다. 그는 다리가 있는 쪽으로 되돌아가 여전히 텅 빈 정신으로 다른 군인의 군화를 벗겼다. 오른쪽 군화가 벗겨지지 않았다. 당황한 그는 자리에 앉아, 그가 힘을 쓰느라 옮겨 놓은 그 커다란 육신을 바라보았다. 스스로를 외부의 시선으로 바라보았다. 여름날 아름다운 석양을 받으며 강 모래 기슭에 앉아 있는 이 젊은이를, 그리고 수십구의 시신을. 이따금 갈대들 사이에서 물고기 한 마리가 느릿느릿 움직이며 지느러미로 물을 쳐 찰랑대는 소리가 울려 퍼졌다… 그는 다시 일어서서 다리에 달라붙은 군화를 흔들며 거칠게 잡아당겼다. 자신도 깨닫지 못한 사이에 언제부터인지 그는 울고 있었고, 누군가와 이야기를 나누었고, 심지어 상대의 대답을 듣는 것 같기도 했다.

다시 길을 떠나자 마음이 진정되었다. 버려진 헌 마차 안에서 잠을 자다 한밤중에 깨어나 성냥을 긋고 이제부터 그 자신이기도 한 군인의 이름을 읽었다. 군복 윗도리에서 한 아가씨의 사진을 찾아냈고, 겨울궁*의 모습을 담은 반으로 접힌 우편엽서도 나왔다.

그는 처음 마주치게 될 군인들에 대해 찬찬히 상상해

---

* 러시아 상트페테르부르크에 있는 궁전으로, 제정 러시아 군주의 겨울을 위해 지어졌다.

보았다. 그들 속에 섞여 사라지고, 받아들여지고, 신분을 숨겨야 할 것이었다. 심문과 감시가 있을 터였다. 의심의 눈초리도.

그러나 정작 상상했던 만남은 일어나지 않았다. 그저 어느 낯선 마을 어귀, 총격전이 벌어진 거리 한복판에서 군인들의 무질서한 도주에 말려들었을 뿐이다. 아직 보이지 않는 위험을 마주한 그들은 달아나고 넘어지면서, 자욱한 연기에 뒤덮인 큰길 끄트머리를 향해 총구를 제대로 겨누지도 않은 채 방아쇠를 당겼다.

그도 덩달아 달리며 총을 주워 그들처럼 쏘고 허둥거렸다. 미처 공포를 느낄 새도, 그들이 직면한 엄청난 폭력과 기력의 소진을 헤아려 볼 여유도 없었다. 어둠이 내리자 한 장교가 달아나는 군대의 몇몇 패잔병들을 규합했다. 거의 전멸하다시피 한 중대나 연대에서 살아남은, 다양한 부대에 속한 군인들이었다. 알렉세이 역시 그들 중 하나였다. 다른 점이라고는, 어쩌다 자신의 진짜 이름을 발설하지 않을까 하는 두려움이 총에 맞을지 모른다는 두려움보다 때론 더 컸다는 것. 이 두려움 탓에, 어떻게든 다른 이들처럼 행동하려는 경계심 탓에, 첫 몇 주는 전쟁을 한다는 느낌이 아니었다. 지속적인 이 긴장의 끈을 마침내 놓아버리자 그는 노련한 군인의 외피를 뒤집어쓴 자신을 발견했다. 여하한 경우에도 냉정을 잃지 않는 과묵한 인간, 무수히 많은 동류 가운데 하나가 되어 종대를 이루고 진

흙 길을 밟으며 전쟁 한복판으로 향하는, 눈에 띄지 않는 인간.

전선에서 보낸 첫 두 해 동안 알렉세이는 그가 이름을 빌린 그 군인에게 보내온 편지 네댓 통을 받았다. 그는 답장을 쓰지 않았다. 그의 거짓이 여러 사람에게 희망의 끈을 놓지 않고 살아갈 힘을 주고 있음이 분명하다는 생각을 했다.

전쟁에선 진실과 거짓이, 관용과 몰인정이, 지혜와 어리석음이 예전처럼 명확히 구분되지는 않는다는 걸 이미 오래전에 알게 된 터였다. 어느 강둑에서 본 시신들이 종종 생각나곤 했다. 몇 분간의 그 끔찍한 경험이 이제 숨겨진 의미를 드러내고 있었다. 그 모스크바 젊은이가 그 시간 그 주검들 가운데 머무르지 않았다면 분명 첫 전투에서 이미 배 갈린 주검들을 보고 산산조각 났을 것이었다. 시신의 발에서 벗겨낸 군화는, 참혹하긴 해도 불가피한 예방접종이었던 셈이다. 무의식의 판단이긴 했어도, 그 순간의 경험에 비하면 때론 그 어떤 야만적인 광경들도 그보다는 견딜 만하다는 생각마저 들었다.

어느 날 첫 부상을 입은 순간, 그는 또 다른 모순을 발견했다. 죽음을 피해 이 군인들 사이로 끼어들었건만, 부모님이 체포당한 뒤 그가 보내졌을 재교육 집단에서보다 더 분명한 죽음에 노출된 것이다. 이 치명적인 자유보다는 외려 수용소의 철조망 뒤에서 더 안전했을 터였다.

예전 같으면 절대 가능하다고 여기지 않았을 일도 있었다. 회복기를 보내고 짧은 한 주 동안, 어깨에 건 붕대에 아직 한쪽 팔이 감긴 채, 부상자들의 거친 숨결로 가득한 이 병원에서 사랑을 한다는 것. 한 여자에게, 그 눈과 울림 없는 다소 먹먹한 목소리와 그 몸을 오래전부터 알고 있었다는 듯 열중한다는 것. 모스크바에서 보낸 과거 시절에 어느 친구가 그런 사랑에 대해 언급했다면 알렉세이는 상대를 대놓고 비웃었을 것이다. 서로 주고받을 거라곤 자신들의 몸밖에 없는 회복기 환자와 간호사 간의 그런 관계라면, 성급한 교미와 무딘 침묵이 전부라 여기면서 말이다. 다치지 않은 손으로 길가에 핀 꽃들을 꺾어 만든 헝클어진 꽃다발, 금박이 벗겨진 귀걸이, 요오드에 갈색으로 물든 여자의 손가락. 전원풍 소설에나 어울릴 이런 우스꽝스러운 세부 묘사들을 그는 대놓고 조롱했을 것이다.

이 모두가 회복기 한 주 동안 그에게 일어났던 일들이다. 병원에서는 예상되는 공습이 있기 전 새 부상자들의 도착을 기다리며 며칠간의 휴식이 이어졌다. 상처 입은 살과 피가 내뿜는 숨 막히는 냄새. 그보다 열여섯 살 연상인 여자였다. 계절이 존재한다는 것, 대지가 내뿜는 이 따스한 숨결과 거품처럼 피어나는 라일락이 바로 봄이라 불린다는 사실을 그녀는 새롭게 인지하는 듯했다. 결국 한 남자가, 그녀와 이야기를 나누게 된 좀 어색해 보이는 이 군인이 그녀와 가까워질 수 있었다. 그녀도 그도 깨닫지 못한 사이, 그 모든 상황에도 불구하고 두 사람은 아주 가까워졌다. 어느 저녁, 병원에서부터 그녀가 머무는 이즈바*로 이어지는 길에서 그가 어깨에 건 붕대에 한 팔이 감긴 채 그 꽃다발을 들고 불쑥 그녀 앞에 나타났을 때 그녀는 자신의 목소리가 풀리는 걸 느꼈다. "처음이네요, 누가 나한테…" 그녀가 말을 마치기도 전에 그가 얼른 끼어들어 농담을 하며 그녀를 웃게 만들었다. 그리고 한 주 뒤 그곳을 떠날 때까지 그는 아무 말도 하지 않았다. 이 여자의 몸을 물리도록 맛보고 그녀가 내어주는 모든 걸 소진할 수 없는 건, 아직 통증이 가시지 않은 팔 때문이라고 믿었다.

참호 속에서 다시 느끼게 될 그 해소되지 않은 굶주림은 이미 보다 광범위한 성격을 띠게 된다. 그는 이즈바로 이어지던 그 길의 흙먼지를 갈구했고(석양빛을 받은 그 따스한 바퀴 자국들을 그저 만져볼 수만 있대도 여한이 없었을 것이다), 밤중에 한차례 소나기가 내린 뒤 지붕에서 굴러떨어지며 달빛을 받아 반짝이는 빗방울들을 갈구했다. 지금도 그의 얼굴을 어루만지는 듯싶은 좀 까칠한 손바닥, 거기서 나는 시큼한 갈색 요오드 냄새마저 이제 그는 그리워하고 있었다. 생명 없는 수많은 몸들을 보

---

* 러시아 농민의 전통적인 주거 형태인 통나무집.

면서, 혹은 여자들과 잠시 잠깐씩 만나면서 그 당시의 관능적인 기억이야 지워지고 없다 해도 이 요오드 냄새만은 훨씬 끈질기게 남아 있었다. 그 여자들이라면 얼굴조차 기억나지 않았고, 이 요오드 냄새 같은 어떤 부적도 그에게 남기지 않았지만 말이다.

신분이 드러날까 두려워한 순간이 있었다면, 훈장을 받을 기회 — 그에겐 불운인 — 가 주어질 때였다. 그 결정을 내리는 위원회는, 특히 명령이 있을 경우, 수감 이력이 있는 자나 비당원이 발탁되지 않도록 해당 군인의 과거를 조사했다. 알렉세이는 사람들의 눈에 띄지 않는 법을 오래전부터 익혀온 터였다. 돌격 시 흔히 최전방에 있다가도 전투가 끝나고 사령관이 가장 용감했던 병사들의 이름을 호명할 때면 뒤로 숨을 줄도 알았다.

때로 음악 소리가 들리기도 했다. 군악대의 연주거나, 휴식 시간에 들려오는 아코디언의 유쾌하고도 구슬픈 소리였다. 그는 마음속에서 무슨 감정의 변화가 있는지 살폈으나 그런 일은 전혀 일어나지 않았다. 피아니스트였던 자신의 젊은 시절을 상기시키는 어떤 특별한 감정도 느낄 수 없었다.

피아노라면 리투아니아의 그 마을에서 본 적이 있었다. 그가 속한 연대의 공세가 한 주 내내 제자리걸음이었을 때였다. 그들의 전진이 곤경에 처했던 건 수많은 일급 저격수들 때문이었다. 교차로마다 이들이 조준하고 있다가 정확하고도 기술적인 선별력을 발휘해 장교들을 살해했다. 그 저격수들 가운데 한 명이 그 건물에 숨어 있었다. 총격에 날아간 창유리 너머로 일층 응접실 내부가 보였고, 비로드로 싼 안락의자들과 그랜드피아노도 눈에 띄었다. 알렉세이는 거기서 백 미터쯤 떨어진 어느 집 현관 안에 엎드려 있으면서 열린 문 안에서 수시로 미끼를 밖으로 내밀곤 했다. 타원형 베니어판에 장교모를 씌우고 복판에 통조림 깡통에서 떼어낸 둥근 뚜껑 두 개를 붙여 만든 것이었다. 쌍안경을 들고 바라보는 장교야말로 저격수들이 가장 노리는 과녁이었다. 알렉세이는 미끼를 내놓았다 재빨리 들여놓았다 하면서 맨 위층에서 거리를 살피는 동료들에게 짧게 휘파람을 불곤 했다… 그가 더는 기대하지 않았던 순간 총알이 날아왔고, 미끼도 반사적으로 오갔다. 베니어판이 갈라지는 소리는 맨 위층에서 연달아 발사된 총탄 소리에 곧 묻혔고, 이어 우당탕 계단을 내려오는 시끄러운 군화 소리가 들렸다. "해냈어!" 어깨에 기관총을 멘 군인이 소리를 질렀다. 베니어판의 두 깡통 뚜껑 바로 위가 총알에 뚫려 있었다. 그들은 그 총구멍을 만져보며 웃었다. 그러고 나서 거리를 가로질러 그 독일군의 총을 수거하러 갔다. 알렉세이는 피아노 옆에 멈춰 서서 한 손을 내려 건반을 짚고 귀 기울인 뒤 뚜껑을 도로 닫았다. 음악에 홀딱 빠진 한 젊은이의 현존이 자신 안에서 느껴지지 않음을 확인하자 기쁘고 안심이 되었다. 자신의 손을, 긁힌 상처와 흉터로 뒤덮인 손가락들과 굳은살이 누렇게 박인 손바닥을 바라보았다. 다른 남자의 손이었다. 책에서라면 그런 상황에서 남자는 피아노에 달려들어 모든 걸 잊고, 어쩌면 눈물을 흘리며 연주했을 거라는 생각이 들었다. 웃음이 나왔다. 책에서 얻은 이 생각, 이 아이디어가 그를 여전히 과거와 이어주는 유일한 고리인지도 몰랐다. 동료들 곁으로 왔을 때, 마룻바닥에 쓰러져 누운 독일인 저격수의 생명 없는 시선과 마주쳤다. 이 남자에게 그는 쌍안경 유리가 빛을 발하도록 놔둔 경솔한 러시아 장교였다. 통조림 깡통에서 떼어낸 뚜껑 눈을 한, 베니어판 장교.

그는 주위의 이목을 끌어 신분이 드러나는 일 없이, 자신에게 삶을 빌려준 자의 이름으로 이 전쟁을 무사히 헤쳐 나가고 싶었다. 무난하게, 두드러짐도 개성도 없이, 어찌 보면 그 타원형 베니어판의 모습으로. 그러나 그 변덕과 일탈이 놀라울 것도 없는 전쟁은, 알렉세이를 너무도 닮은 한 금발 머리 청년의 사진에 자체의 흔적을 남기고야 말았다.

두 번째 입은 부상은 첫 번째보다 훨씬 심각했다. 생사의 기로에서 두 주를 보낸 뒤 붕대를 가는 순간 거울에 비친 첫 모습. 머리를 박박 민, 나이를 알 수 없는 얼굴에다 이마의 선에서 관자놀이로 비스듬히 내려오는 흉터.

그는 어떻게든 제대만은 면하려 했다. 뼛속까지 스미며 인내를 요구하는 얼얼한 통증과 머릿속에 자리한 죽음 같은 침묵에도 불구하고 그는 회복이 된 척했다. 의사는 떠나야 하는 엄마 손에 매달리는 아이를 타이르듯 말했다. "자, 고향 마을에 내려가 한 달만 지내보게. 어머니가 해주시는 요리를 먹으면 살도 좀 붙을 테고, 그러면 그때 보자고." 알렉세이가 머무르려 했던 건 무슨 영웅적인 희생정신 때문이 아니었다. 그저 갈 곳이 아무 데도 없었기 때문이었다.

도로가 여전히 얼음에 덮인, 햇살도 거의 없는 3월 초였다. 그는 길을 걷다 간혹 트럭을 얻어 타기도 했다. 그러다 운전수에게 자신이 사는 곳이라 말하고 한 마을에서 내려 다시 걸었다. 때때로 눈 덮인 황량한 들판에서, 전쟁으로 만신창이가 된 그 모든 땅 한복판에서 발길을 멈추고 대기의 냄새를 맡았다. 문득 따스한 바람 한 줄기가 느껴진 것 같았다. 봄기운이 감도는 이 바람, 공기처럼 가볍고 흐릿한 햇빛, 얼음 밑에서 눈뜨는 물 냄새, 이것들 속에 자신의 남은 생명이 오롯이 집약되어 있음을 그는 짐작했다. 이 생명은, 뜨겁게 타오르는 바람조차 느끼지 못하는 그의 야윈 육신 속엔 남아 있지 않았다.

그 도로들은, 설령 우회해 갈지라도 모스크바로 이어질 거라는 생각이 어렴풋이 들었다. 아니, 불분명한 어느 밤의 도시로, 졸음으로 흐려진 어느 장소로 이어진다는. 계단곬 꼭대기 그 마지막 층계참, 바닥에 널린 낡은 종이 상자들, 따스한 난방기. 그 난방기에 기댄 채 그는 말을 하지도, 움직이지도, 무얼 바라지도 않을 것이다. 그저 세상 천지에서 그곳만이 유일한 안식처임을, 끝없이 떼어놓는 걸음의 종착지임을 깨달으면서.

그날 그는 겨울 기운이 아직 감도는 전나무 숲을 따라, 눈 덮인 길을 무거운 걸음으로 묵묵히 걷고 있었다. 어느 커브길에 이르렀을 때 앞서가고 있는 한 여자가 보였다. 여자는 그와 같은 방향으로 썰매를 끌며 걸어갔다. 사람이 살고 있는 곳임을 깨달은 그는 반가운 마음에 걸음을 재촉했다. 그의 군화 밑에서 얼음 밟히는 소리가 나도 여자는 뒤돌아보지 않았다. 당장에라도 여자에게 말을 걸 태세였던 그는 문득 썰매 위에 실린 물건을 알아보았다. 대패질이 안 되어 옹이로 뒤덮인 작은 관이었다. 관습에 따라 붉은 천으로 감싼 것도, 그렇다고 칠을 한 것도 아닌 나무관. 그 나무를 보니 포탄 상자가 떠올랐다.

그들은 말없이 인사를 나누고 나란히 걸어갔다. 눈 덮인 묘지는 무슨 빈터 같았다. 아침나절에 마련해 둔 듯싶은 묘는 별로 깊지도 않은 데다 눈송이가 잔뜩 흩뿌려져 있었다. 여자가 언 흙을 삽으로 퍼 나무 관 위로 던지자 아주 활기찬 소리가 울려 퍼졌다. 마지막엔 알렉세이가 몸을 숙이고 흙무더기 위에 마지막 흙덩이를 던져 넣었다. 그러고 일어서는데 갑자기 나무들과 여자의 윤곽, 십자가들이 광채 없는 텅 빈 하늘로 순식간에 빙글빙글 빨려 들어갔다. 넘어진다는 느낌을 가질 새도 없었다.

유동하는 부드러운 움직임에 실려 의식이 돌아왔다. 들쭉날쭉한 숲의 경계가 오른편에서 천천히 지나갔다. 고개를 살짝 들고 바라보니 웬일인지 맨 먼저 두 다리가 보였고, 얼어붙은 도로 위를 미끄러져 가는 큼직한 군화가 보였다. 그건 자기 자신이다 싶었다. 여자가 썰매에 태워 끌고 가는 죽은 몸. 군화는 때론 뒤꿈치가 땅에 닿은 채, 때론 비스듬한 자세로 미끄러져 갔다. 그는 반쯤 감긴 눈으로 다소 덜거덕대는 썰매의 이동을 좇았다. 얼어붙은 그림자에 불과한 이 몸도, 그가 눈으로 보는 것도, 사람들이 보는 그 자신도, 무엇 하나 그의 것이 아니었다. 그에게 남은 건 아무것도 없었다. 오르막길을 앞에 두고 여자는 멈추어 숨을 가다듬었다. 두 사람은 한참을 서로 바라보았다. 꼼짝 않고 침묵 속에서, 모든 걸 이해한 채로.

그녀는 마을에서 10여 킬로미터 떨어진 곳, 비탈진 강가에서 하루하루를 보냈다. 다리를 놓는 작업 현장 주위를 사람들이 개미 떼처럼 분주히 오갔다. 대부분 여자들이었다. 그들은 얼어붙은 진창 속을 걷고 눈밭에 피가래를 토하면서, 먹지도 않고 일했다. 전장으로 향하는 첫 호송차들이 3월이 다 가기 전에 기필코 이 다리를 건너야 했다. 그건 바로 스탈린의 명령이라고들 했다.

그녀는 빵과 마른 생선을 가져왔다. 특히 잣이나 전나무 새순을 가져와 '숲의 선물들'이라 부르며 웃었고, 걸쭉한 밀가루죽에 넣고 끓였다. 그는 자신이 녹아들어 갈 뻔했던 바람과 흙과 추위가 점점 물러나고 있음을 놀라운 마음으로 지켜보았다. 더 놀라운 건, 이 소박한 행복이었다. 밤이면 그의 몸에 와 닿는 여자의 따뜻한 몸. 세상 그 어떤 진실보다 더 견고한, 서로의 몸이 닿는 이 부드럽고 생생한 경계선.

어느 밤, 잠에서 깬 그는 혼자라는 걸 알았다. 부엌문 안쪽에서 기침의 발작을 애써 참는 소리가 들리더니 이어 잠잠해졌다. 여자는 병을 숨기려고 종종 그곳으로 피신하곤 했다. 그는 눈을 뜬 채 그대로 누워, 자신 안에 생명이 되돌아와 있음을 또렷이 자각했다. 숨을 쉬는 것이 기뻤고, 시력도 되돌아와 있었다. 어둠 속에서 정교하게 드러나 보이는 달이, 세상에 둘도 없는 밤임을 짐작게 해주었다. 봄의 다사롭고 여린 첫 기운에 감싸인 채 걸려 있는 달. 되찾은 이 생명 속에서 자신을 알아보기는 거의 불가능했다. 그는 다른 사람이 되어 있었다. '지도상엔 나오지 않는 한 마을, 모르는 집 어느 창가에 누워 있는 한 남자.

수많은 사람들의 죽음을 목격했고, 수많은 사람을 죽였고, 그 자신도 죽을 뻔했던 이 남자가 이제 따스한 하늘에 자리한 가느다란 초승달을 바라보고 있구나' 하고 그는 생각했다.

문 안쪽에서 기침 소리가 다시 나더니 천 쪼가리 속에 묻혔다. 그를 집에 받아들인 이 여자의 고통과 피로와 병에 생각이 미쳤다. 처음으로 그런 생각을 했는데, 그건 그가 치유되었음을 의미했다. 그걸 지칭할 하나의 이름이 있을 거라 생각했다. 이 고통, 이 달, 몰라볼 만큼 변해버린 그의 삶, 무엇보다 그 단순함을 이해하는 데 필요한 하나의 열쇠가 있을 거라고. 그렇게나 단순하게 두 사람은, 사랑은 아닐지언정 이 평화를, 휴식을 나눌 수 있었다. 그저 한 손의 열기 속에서 지탱되는 망각을 나누었다.

다음날 그는 다리를 놓는 작업 현장까지 갔다. 눈이 녹아 개울물이 흐르는, 햇빛이 쨍한 날이었다. 아직 기운은 없었지만 걸음을 뗄 때마다 그는 땅을 박차는 것 같은 유쾌한 기분에 사로잡혔다.

작업이 막바지에 이르고 있었다. 여자들이 접근로를 닦았다. 그들 무리에서 쉰 소리와 기침과 욕설이 와자지껄 일었다. 그는 자신을 치유한 여자의 눈에 띌 것이 두려워 자리를 떴다. 흙투성이 솜옷들이 스치는 소리와 굶주림에 움푹 파인 이 얼굴들 사이에서 그녀를 보게 될까 봐 두려웠다는 편이 옳았다. 두 기둥 사이 다리 입구에서 그는 거

기 씌어 있는 슬로건을 읽었다. '전선을 위한 전력투구! 승리를 위한 전력투구!'

한 주 뒤엔 그를 전장으로 데려가는 기차가 이 다리를 건넜다. 우글대는 인파가 눈보라를 맞으며 강기슭을 메웠다. 또다시 포탄 속으로 뛰어든다는 건 이제 그에겐 사적인 의미를 지니게 될 터였다. 무슨 위업을 이룬다든지 하는, 예전에 그가 찾던 의미와는 달랐다. 전쟁이 끝나면 이 여자들 또한 진창과 야비한 목소리와 절망 속에서 발을 구르지 않아도 된다는 것, 그게 전부였다.

한편 장교들의 대화에서 우연히 가로챈 말도 떠올랐다. "전쟁에서 승리하면 사면이 있을 테지. 분명해. 전쟁전에 수감되었던 자들이 풀려날 거야…" 전쟁 마지막 해에는 전투를 치르는 와중에도 마음속으로 그 말을 되뇌고 있음을 깨닫곤 했다. 무의식의 무슨 기도를 하듯, 부모님 생각을 스스로 금하면서도 부모님 생각만 했다. '전쟁 전에는…'

어느 휴식 시간, 젊은 군인들이 심심풀이로 한 다람쥐를 따라다니며 노는 걸 보았을 때도 그는 마음속으로 이 말을 기도처럼 외고 있었던 듯싶다. 놀란 다람쥐는 높다란 사시나무들 사이에서 허둥거렸고, 군인들은 신이 나서 나무둥치를 흔들며 짐승을 쫓았다. 결국 녀석은 아래로 곤두박질해 죽었는데, 나무에서 떨어져서가 아니라 세차게 후

려치는 나뭇가지에 맞아서였다. 군인들은 녀석을 가져다 꼬리를 잡고 빙글빙글 돌리며 놀다 던져버렸다.

'전쟁 전에는…' 알렉세이는 그 작은 짐승을 집어 들었다. 축 늘어진 짐승의 털에서 따스한 온기가 손바닥에 전해져 왔다. 한바탕 놀고 난 뒤 목이 마른 군인들은 개울 쪽으로 내려갔다. 갑자기 그는 내면에 다른 누군가가 존재함이 느껴졌다. 전투를 치르는 동안 하루하루 그가 벼려온 가혹한 무관심의 갑옷 아래 감추어진 놀랄 만큼 섬세한 존재. '전쟁 전에는…'

잊고 있던 그 삶에서 아직 깨어나지 못한 그를 한 장교가 느닷없이 불렀다. "그런데 말체프, 자네 운전할 줄 아나?"

알렉세이는 여전히 정신이 다른 먼 곳에 팔린 채 대답했다. "네… 면허증이 있습니다…"

손안에 따스한 다람쥐의 사체가 들려 있지 않았다면, 반사적이 되어버린 경계심을 발휘해 '아니오'라고 대답했을 것이다. 어느 외진 마을에서 전선으로 불려 나온 이 세르게이 말체프가 차를 몰았을 가능성은 희박했으니까. 하지만 여전히 명한 상태에서 그는 예전의 자기 목소리로 대답하고 말았다. '전쟁 전에는…'

그렇게 해서 그때까지는 이름만 알았던 가브릴로프 장군의 부상당한 운전기사를 그가 대신하게 되었다.

다람쥐, 장교의 물음에 대한 경솔한 답변, 몇 개월의

치열했던 마지막 전투들로부터 아마도 그의 생명을 구해준 새로운 직분. 그 짐승을 쫓으며 웃었지만 그 후 대부분 죽음을 당한 그 젊은 군인들, 폐허가 된 도시들과 유럽풍의 청결함을 그대로 보존한 도시들의 행렬, 폭격기로 뒤덮인 하늘과 놀랍도록 맑고 태평스러운 — 구름이 흐르고, 새가 날고, 햇빛이 가득한 — 하늘. 그것들에 종종 생각이 미칠 때마다, 삶과 죽음, 아름다움과 추함의 이 무질서한 흐름엔 무언가 숨겨진 의미가 있을 거라는 느낌이 들었다. 빛을 발하는 어떤 비극적 화음에 그것들을 담아 리듬을 부여했을 하나의 열쇠가 있을 거라는.

하지만 모든 게 우연의 소산이었는데, 어느 날 그들의 차가 폭발해 도로 밖으로 내던져진 것도 그랬다. 정신이 멍멍한 채로 그는 타박상을 입은 장군을 부축하고 여기저기 얼어붙은 개울이 흐르는 축축한 숲을 가로질러 긴 시간을 걸어야 했다. 나중에 의식을 되찾은 장군은 알렉세이가 스스로도 파편에 맞은 상태로 수 킬로나 그를 부축하며 걸었다는 사실을 알고는 눈물을 글썽이며 엄숙한 어조로 선언했다. "말체프, 이제부터 자넨 내 아들이나 마찬가지라 생각하게." 알렉세이는 이런 감정의 토로를 불편해하면서 오로지 한 가지 세부 사항에 정신이 팔려 있었다. 장군의 무게에 눌려 몸을 구부린 자세로 도로를 가로지르다 표지판에서 읽은 한 도시의 이름, 잘츠부르크… 피로와 통증에도 불구하고 그 도로 위에서 그는 먼 곳으로부터의

부름을 인지했었다. 관자놀이에서 뛰는 맥박과 장군의 신음 소리로 흐려진 부름이긴 했어도, '전쟁 전에는…'

행운이든 불운이든 넘쳐나는 이 우연 속에서 전쟁의 종막을 이해하기란 더한층 어려웠다. 알렉세이도 장군도 사태를 인지하지 못했다. 베를린에서 승리의 자축이 이루어진 후에도 오스트리아에 있던 가브릴로프 장군 소속 부대의 전투는 두 주는 족히 지속되었다. 장군의 차는 포탄으로 잔뜩 파인 도로를 누비며 다녔다. 백병전을 벌이는 군인들이 보였고, 사령부에선 떨리는 수화기 너머로 쉰 목소리로 악을 써대는 명령이 울려 퍼졌다.

그러던 어느 오후, 승리가 이미 오래전 일이 되어버린 조용한 한때, 어느 젊은 중위가 알렉세이를 부르더니 문손잡이에 손을 올린 채 빙글빙글 웃는 얼굴로 싱거운 말을 던졌다. "아, 말체프, 이틀 전부터 자넬 찾아다녔어! 이거야 원! 그렇게 큰 차를 모니 대단한 인물 같군. 옛 친구도 못 알아보니 말이야…" 그가 계속 농담을 하는 동안 알렉세이는 장난기 어린 이 몇 마디 말에서 자신이 모르는 과거를 추측해 보려 애썼다. 초등학교 동창이었다는 이 친구, 그들 고향에서의 삶… "자네 가족은 뭐가 뭔지 모르고 있더군. 자네가 죽었거나 실종됐다고 믿던데, 왜 편지를 쓰지 않았지? 나쁜 자식! 제대하자마자 고향으로 돌아가 자축하자고. 알았지? 흉터는 걱정 마. 여자들이 좋아할 거야. 전보다 더 좋아할걸!"

빈에서 모스크바로, 두 도시의 길들이 경계도 없이 서로 이어져 그는 한달음에 달려왔다는 느낌이었다. 본국으로 돌아오던 몇 주의 여정이 그의 정신을 무겁게 짓눌렀다. 그 중위와의 마주침이 그랬고, 어느 죽은 자로부터 빌려와 시시각각 그를 위협하는 이 삶이 주는 불안도 그랬다. 결국 두 도시가 한데 뒤섞여 그의 차는 그라벤*에서 아르바트**로 곧장 내던져졌다.

어느 날 장군을 집에 데려다준 뒤 그는 대로에 차를 세워두고 나무들 밑으로 걸어 내려왔다. 그 순간 그의 눈에 비친 모스크바는 이제까지 지나온 그 어떤 외국 도시들보다 더 비현실적이었다.

마당에서 한 아이가 자전거를 타고 모래 용기 주위를 지그재그로 도는데, 예전과 똑같이 삐걱대는 바퀴 소리가 되풀이해 들렸다. 그 순간 알렉세이는 아이 자신도 그대로라는 착각에 빠졌다. 이제는 꿈같기만 한 어느 과거 속에서 먼지 낀 창 뒤에 숨은 한 젊은이 쪽으로 눈길을 들어 올렸던 그 소년. 벤치엔 한 남자가 체스판 위로 몸을 숙인 채 앉아 있었다. 같은 사람일까? 아니면 다른 사람? 벤치 끄트머리에 앉은 아직 젊은 남자는 다리가 하나뿐이었다. 유

---

* 오스트리아 빈의 번화가.

** 러시아 모스크바 중심가에서 약 1킬로미터 떨어진 거리의 이름.

머 잡지를 읽고 있던 그는 때때로 웃음을 터뜨렸는데, 불구가 된 몸에 이미 적응되어 편한 자세까지 익혀둔 모양이었다. 그가 큰 소리로 웃을 때마다 체스를 두던 남자는 깜짝 놀라 허리를 세우고 영문을 모른 채 그 군인의 웃는 얼굴을 바라보았다.

알렉세이는 제모를 이마까지 눌러쓰고 계단을 올랐다. 한 층계참에서 여자애들이 여러 명 나타나 재잘대며 아래로 우르르 달려 내려왔다. 그는 모자챙보다는 흘러간 세월이 자신의 모습을 더 잘 가려준다는 사실을 깨달았다.

그의 가족이 살던 아파트 문 옆 벽에 초인종 버튼 세 개와 이름이 써진 직사각형 종이 세 개가 붙어 있는 게 보였다. 공용 아파트… 마당으로 내려선 그는 건물 정면의 창 두 개를 찾아냈다. 주방과 부모님 방. 그 자리에 가지각색의 빨래가 잔뜩 걸려 있었다. 끈질기게 뿌리내리는 이 불가항력적인 삶이 그에겐 가슴 뭉클하면서도 부질없는 무언가로 와닿았다.

*

모스크바에 체류한 첫 몇 주 동안 그는 사면당한 죄수들에 대해 말하는 소리를 들었다. 대도시로 들어올 권리가 없는 그들은 우랄 지방이나 시베리아, 중앙아시아에 정착할 수 있었다. 그는 부모님이 이런 고장 어딘가에 있으리라 상상하면서 시간을 두고 조심스럽게 찾아 나서면 만날 수 있겠다는 생각을 했다. 그러자면 그의 가짜 신분만이 걸림돌이 될 터였다.

더 높은 지위에 오른 장군은 이제 국방부에서 근무했다. 자신의 운전기사를 아들처럼 대하겠다는 약속은 잊은 게 분명했지만 여전히 그에게 호의를 보였다. 10월 어느 날엔 집에 도착한 순간 이런 제안까지 했다. "자네, 나랑 같이 올라가지. 챙겨야 할 서류가 있는데 시간이 꽤 걸릴 거라서… 괜찮아, 괜찮네. 이런 날씨에 차 안에서 떨고 있을 필요가 뭐 있나…"

그들은 함께 올라갔다. 나이 든 가정부가 말없이 알렉

세이를 현관 옆 작은 방으로 안내하며 차 한 잔을 가져다 주었다. 탈의실 같기도, 잡동사니 물건을 치워두는 공간 같기도 한 이 방엔 좁은 창 하나가 나 있었고 그 너머로 첫 눈이 날렸다. 그는 이 누추한 방이 금세 마음에 들어, 마침 내 집에 돌아온 듯한 기분이 되었다. 눈송이들을 멍하니 눈으로 좇고 있으려니, 그것들이 아주 오래전 어느 날 어느 잊힌 도시에서 흩날리고 있다는 느낌이었다. 마시는 차 도 예전 그대로의 맛이었다. 해질녘 넓은 아파트의 정적 도 그랬다. 부엌에서 들리는 한숨 소리로 짐작되는, 눈에 띄지 않는 가정부도 마찬가지였다. 그러다 갑자기, 복도를 지나느라 희미해진 몇 음이 주저하듯 들려왔다. 뒤이어 한 소절 전체가. 그리고 그 음악이.

그는 작은 방을 나와 복도로 몇 걸음 들어섰지만 더 이 상 가보고 싶지 않았다. 그가 본 것으로 족했다. 진청색 벨 벳 드레스, 반짝이는 금발, 고음을 향해 미끄러지는 오른 손, 보이진 않아도 건반을 누르고 있을 왼손. 그는 어두컴 컴한 복도에 꼼짝 않고 남아 있었다. 벽에 어깨를 기댄 채, 우주가 이제 막 완벽에 이르렀음을 인지하면서. 창밖에 내 리는 눈, 넓고 낯선 아파트가 전해주는 신비로움, 이 음악. 무엇보다 이 음악의 불완전함! 이따금 떼어놓기 어려운 음들의 결합에 부딪힌 두 손은 뒤로 되짚어 올라가 다시 활기를 띠었다. 그 방황이야말로, 이제 막 모습을 드러낸 충만함에 없어서는 안 될 요소임을 그는 감지했다. 거기에 무언가를 더한다는 건 불가능했다. 고작해야 늙은 가정부의 시선이려나. 말없이 복도를 지나가다 그에게 힐끗 던진, 이해와 씁쓸함이 동시에 전해지는 짧은 시선. 그게 다였다.

그런데 그걸로 충분했을 몇 분이 그 작은 방에서 새롭게 탄생한 기다림으로 이어졌다. 그러다 닥친 첫 만남은 ("아, 그러니까 당신이 바로… 네, 아빠한테서 당신 얘길 들었어요…") 또 다른 만남으로 이어졌다. 열일곱 살 난 이 아가씨가 짓는 미소와 솔직한 얼굴의 아름다움, 첫 접촉에서 감지한 그녀의 여린 손("스텔라… 엄마가 원한 이름이에요… 바실리예브나라는 성과는 전혀 안 어울리는 우스꽝스러운 이름 아닌가요?). 진청색 벨벳 역시 행복을 구성하는, 명백한 동시에 암호와도 같은 요소임을 그는 확신했다. 창유리 밖에 흩날리는 눈송이, 이 해질녘, 소녀의 가녀린 손가락을 짐작게 하는 흔들리는 음들, 그것들 모두가 행복에 일조했다.

이 순간 그는 과거의 사랑을 살고 있었다. 3년에 걸친 그 대공포 시절, 기다란 코의 가면들밖에는 볼 수 없었던 그 시절 그가 알았어야 할 그것을 지금 경험하고 있었다. 그와 동년배인 소녀와의 만남, 첫사랑을. 이제 그는 스물일곱 살이었지만, 피아노 앞에 앉은 이 아가씨를 두고 나이를 문제 삼을 순 없었다. 그는 일상의 흐름 바깥에, 이중의 시간 속에 자리했으니까. 몽상에 들어, 가면들 사이에서 보낸 과거의 그 3년을 다시 사는 느낌이었다.

간혹 그는 정신을 차리고 계단 난간 너머로 내려다보듯 자신의 삶을 관찰하며 현기증을 느꼈다. 무수히 많은 산 자와 죽은 자들이 그를 저 피아노 앞에 앉은 아가씨에게서 떼어놓았다. 그는 주먹을, 상처투성이인 강한 손가락을 꽉 쥐었다. 살인을 했고, 여자의 몸을 자신 있게 다룰 줄 알았던 손이었음을 기억했다. 여름 끝 무렵 어느 친구의 생일잔치에서 마주친, 고양이처럼 노란 눈을 한 여자. 그는 술에 취해 반쯤 잠이 든 여자를 취하며, 무심하고 둔한 그 커다란 몸에 거의 구역질이 날 뻔했었다… 그 기억을 떠올리면서 그는 생각했다. 장군의 초대를 거절하고 그냥 차 안에 남아 있었더라면 좋았을 거라고… 그렇긴 해도 그가 차를 마시는 이 작은 방에서, 젊은 시절 선원이었던 장군이 '까치둥지'라 부르는 그곳에서, 그는 모든 걸 잊어버렸다. 일렁이는 눈(雪)과 울려 퍼지는 음들과 기다리던 발소리에 휩쓸려 들고 말았다. 그가 알고 있는 그 잰걸음과 목소리에. "왜 여기, 어둠 속에 남아 있어요? 오세요…"

스텔라는 그를 자기 옆에 앉히고 연주하며 때로 악보를 넘겨달라고도 했다. "내가 신호를 보낼게요. 이렇게 턱으로." 그는 시키는 대로 상대의 얼굴을 바라보았고, 신호를 기다리는 척했다. 때로 악보로 시선이 가는가 싶으면 얼른 눈을 돌려버렸다.

　그녀는 그에게서 젊은 아가씨라면 쉽사리 꿈꾸어 볼 상상의 소재를 찾아냈다. 이 세르게이 말체프가 어떤 사람인지 규정짓기란 그다지 어렵지 않았다. 작은 마을 출신의 스물일곱 살 난 남자(열일곱 살인 그녀에겐 거의 노인이나 다름없었다), 그리고 이마를 가로지르는 끔찍한 흉터 자국. 그러니 어느 모로 보나 그녀가 남몰래 기다리는 유형의 남자는 아니었다.

　그러나 다른 한편으론 충분히 수수께끼 같은 인물이기도 했다. 분명 수많은 여자들을 손에 넣은 경험이 있을 테지만, 그녀 아버지의 말로는 모스크바 외곽 눈 덮인 어느 거리에 혼자 사는 남자였다. 해질녘에 장군을 종종 집에 데려다주고는, 장대 같은 비가 내리든 눈보라가 휘몰아치든 그 검은 차를 운전하며 밤 속으로 사라지는 과묵한 남자. 그럴 때마다 그는 그녀의 상상 속으로 자연스레 미끄러져 들어와, 그녀가 쉴 새 없이 그 얼굴과 운명을 그려보곤 했던 신비로운 어느 미지의 남자와 겹쳐지곤 했다. 게다가 아버지로부터 전시에 이 운전기사가 자신의 생명을 구해주었다는 말을 직접 전해 듣지 않았던가.

　그녀는 조금씩 자신의 유희에 걸려들었다. 그녀에겐

'까치둥지'에서 차를 마시는 이 남자가 필요했다. 그를 부르고, 그의 얼굴을 보고, 그의 얼굴을 잊을 필요가 있었다. 군복을 입은 그의 모습 대신 창백하고 섬세하며 아름다운 그를(통념과는 다르게, 그 나름대로) 상상해야 했다. 이 검은 그림자에 옷을 입혀 무대 위로, 전날 밤 머릿속에 떠오른 각본 속으로 밀어 넣어야 했다.

하지만 그녀는 이 단역에게 그녀의 연주에 귀 기울이고 악보를 넘기는 역할만을 부여했다. 어느 날 그는 둘 사이에 합의를 본 신호인 그 단호한 턱짓에 반응을 하지 않았다. 그녀는 곡을 치다 말고, 옆 의자에 꼿꼿이 앉아 있는 그를 바라보았다. 그는 큰 통증을 느끼는 사람처럼 눈살을 잔뜩 찌푸린 모습이었다.

"몸이 안 좋아요?" 그녀가 의아한 얼굴로 그의 손을 건드리며 물었다.

"아니, 괜찮아요. 아무것도 아니에요…"

그가 눈을 뜨고 자신의 손에 닿는 이 손가락들을 응시하며 중얼댔다. 잠시 동안의 거북함이 가시자 그녀가 명랑한 어조로 제안했다. "나한테 근사한 생각이 있어요! 연주하는 법을 좀 가르쳐 줄게요. 걱정 말아요, 해낼 수 있어요. 정말 쉽거든요. 그냥 간단한 아이들 노래…"

〈작은 장난감 병정〉이라는 곡이었다. 알렉세이는 별로 소질이 없는 서투른 학생임이 드러났다. 스텔라는 종종 그

의 뻣뻣한 손가락을 펴주거나 건반을 제대로 짚도록 도와
주어야 했다.

　〈작은 장난감 병정〉 덕분에 그녀의 무대 연출은 더욱
풍요로워졌다. 그녀 손안에 있는 이 남자는 질책을 당할
수도, 입에 발린 말을 들을 수도, 가벼운 모욕을 경험할 수
도 있었다. 아르페지오를 제대로 연주해 칭찬받을 수도,
실수를 범한 뒤 위로받을 수도 있었다. 그녀는 사랑의 더
없이 강렬한 매력 중 하나를 발견하고 있었다. 상대를 자
신에게 복종시키고 마음대로 하기, 상대로부터 적극적인
동의를 얻어 자유를 빼앗기.
　장군을 기다리며 편안히 차를 마시는 이 남자의 침묵
을 그녀는 더 이상 봐줄 수 없었다. 이제 그에게 말을 시키
고, 그가 자신의 삶과 전쟁 이야기를 하도록 만들고 싶었
다. 그 이야기를 들으며 경탄해 마지않든지, 질투를 느끼
든지 간에.
　어느 날 끈질기게 질문을 당한 그는 지난 전쟁을 떠올
리려다 만사가 단절과 고독과 죽음으로 귀결되는 그 모든
기억들에 직면해 혼란에 빠지고 말았다. 그녀는 전쟁을 배
경으로 한 연애 이야기를 기대하는 듯했지만, 그의 기억은
사람들의 잘려나간 몸과 서둘러 소유한 뒤 망각 속에 묻
어버린 여자들의 몸 사이에서 버둥거렸다. 한 여자의 손
을 물들인 요오드 냄새만은 남아 있었지만, 그런 말을 어

떻게 한단 말인가? 그것도 휘둥그런 눈으로 그를 바라보는 이 어린 처녀에게 말이다. 그 자신에 대해 말한다고? 하지만 그는 누구일까? 백병전을 벌인 뒤 자신의 피와 자신이 죽인 이의 피로 붉게 물든 물웅덩이에 몸을 씻는 군인일까? 군화를 벗기려고 죽은 이의 몸을 흔들어 대는 그 젊은이일까? 아니면 또 다른 삶, 추방당한 과거에서, 먼지 긴 창 뒤에 숨어 망을 보던 또 다른 젊은이? 아니다. 요 몇 년 사이 가장 그다운 모습이 있었다면, 묘지에서 정신을 잃었던 — 말하자면 죽었던 — 그날의 자신이었다. 자신과 세상 사이에 그 불확실한 경계선밖에 존재하지 않았던 그날. 그의 곁에서 잠이 든, 그에게 온기를 나눠줬던 미지의 여인…

그녀가 질문을 해대는 통에 그는 다람쥐 이야기를 하기 시작했다. 어느 화창한 봄날의 한 차례 휴식, 한 나무에서 다른 나무로 건너뛰는 그 작은 짐승. 그러다 갑자기 그는 결말을 떠올리고는 이야기를 멈추었고, 말끝을 흐리다 두루뭉술하게 해피엔딩을 꾸며댔다. 스텔라는 부루퉁한 얼굴에 미소를 떠올렸다. "아빠 말로는, 영웅처럼 싸웠다던데요… 그런데 무슨 다람쥐라니! 푸후…"

그는 손바닥에 와 닿던 매끄러운 털의 온기를 떠올리며 입을 다물었다. 이제 와 생각하면 뒤이어 일어난 모든 일은 죽임을 당한 이 짐승과 연관되어 있었다. 장군을 수

행하게 되었고, 덕분에 생존할 수 있었고, 모스크바로 왔고, 그에게 짓궂은 질문을 해대는 어린 스텔라를 알게 된 것, 이 모두가 말이다. 상대를 길들이고 복종시켰다고 믿는 그녀 역시, 이 남자의 삶은 지하 동굴 같아서 치욕과 고통, 차마 고백할 수 없는 행위들을 숨기고 있다는 걸 짐작했음이 틀림없었다. 그녀 앞에서 곤혹스러운 얼굴로 할 말을 잃은 이 남자에게선 어린아이의 모습이 전해져 왔다.

"기분 상하게 할 생각은 없었어요. 사실 그 다람쥐 얘기 아주 재미있었어요…" 이렇게 말하며 그녀는 식은 찻잔이 아직 들린 그의 손에 자신의 손을 얹었다. 그 순간이 이어졌다. 창밖은 진청색 석양으로 물들고, 창유리엔 서리가 구불구불 가지를 뻗고 있었다. 복도 끝 어딘가에서 전화기에 대고 투덜대는 장군의 목소리가 들려왔다. 그를 생각에서 깨어나게 하려는 듯 그녀가 살며시 그의 손을 흔들었다. "우리, 장난감 병정을 다시 연습해 볼까요?"

그녀는 머릿속에서 지어낸 이야기가 그 혹한의 몇 주 동안 어느 시점에 현실과 뒤섞이게 된 건지 스스로도 깨닫지 못했다. 서로에게 더는 존칭어를 쓰지 말자고 그에게 제안한 그 저녁이었을까? 아니면 더 나중에 두 사람이 건물 문 앞에서 마주친 때였을까? 그는 장군을 집에 모셔다드린 참이었고, 그녀는 음악 수업을 마치고 돌아오고 있었다. 그녀는 스스럼없이 그의 옆자리에 올라탔으며, 그들은 흰 눈보라가 흩날리는 모스크바 거리를 차로 천천히 돌았다.

그것도 아니면 그날 밤이었는지도 모른다. 생일을 맞은 옛 군대 동료를 보러 키이우로 간 장군과 그의 아내는 그곳에 하루 더 머물기로 했고 그 사실을 운전기사한테 전해달라고 스텔라에게 당부한 것이다. 역에서 그들을 기다렸으나 만나지 못한 알렉세이는 집으로 전화를 했는데 스텔라는 아버지가 밤중에 전화할 거라며 그에게 거짓말을 했다… 흰 여름 모시 드레스를 입고 곱슬머리를 높이 올려 빗은 그녀는 숭고한 느낌을 주었다. 두 뺨이 열병을 앓는 사람처럼 달아올라 있었다.

그녀는 나른한 자태를 연출하며 대담하게도 그를 응접실에 들여놓은 뒤 저녁 식사를 하고 가라며("부모님은 아마도 새벽 한 시나 돼야 전화하실 거예요. 그때까지 굶고 있을 수는 없잖아요…") 와인병을 땄다. 얇은 드레스 속 그녀의 몸이 떨고 있었고, 거리낌 없는 허세를 가장한 몸짓에서도 제어되지 않은 서투름이 드러나 보였다. 즉흥적으로 마련된 이 야회는 모든 것이 완벽하게, 놀랄 만큼 완벽하게 준비되어 알렉세이 자신은 그저 단역만 소화해 내면 된다는 느낌이었다. 알렉세이 없이도 스텔라의 몽상 속에서 상연될 수 있었을 연극무대였다.

하지만 그는 거기 있었고, 매 순간 자신이 연기해야 할 차례가 돌아올 것임을 이해했다. 대사를 받아치고, 명백하고도 부조리한 어느 인물의 역할을 떠맡아야 할 것이었다.

그는 흥분한 그녀가 떨어뜨린 빵조각을 몸을 숙여 줍거나 때론 냅킨을 주워 들었고, 과장되고 오만한 그녀의 손짓에 복종하면서 잔에 와인을 따르기도 했다. 무엇보다 그림자에 불과한 자신의 처지를 이용해, 벌거벗은 것이나 다름없는 여름옷 차림의 이 아가씨를 관찰했다. 초등학생이 그린 듯한 파르스름한 정맥이 드러난 팔, 감정의 동요로 발그레해진 목, 몹시 가는 허리. 화덕 쪽으로 몸을 돌릴 때 뚜렷이 드러나는 어깨뼈. 점점 더 고양되고 낭랑해져 가는 그녀의 목소리를 들으며 그는 그 순간이 닥쳤음을 예감했다. 그녀의 양어깨를 감싸 안고 그 여린 어깨뼈를 손안에 느껴야 할 순간이.

그녀를 탐했던 건 아니었다. 전혀 다른 종류의 갈망이었다. 그녀와 함께한 이 밤에 그는 아마도 준비가… 그는 전쟁의 나날들을 온전히 다시 살고 있었고, 하룻밤 사이에 그 시기를 모조리 다시 통과할 것이었다. 하지만 그날 밤 무대에 올라 있는 건 그가 아닌 다른 누군가였다.

그녀는 이미 술을 석 잔이나 마신 상태였으며, 당돌하고도 공격적인 동시에 무장 해제된 시선으로 그를 바라보았다. 그는 그런 그녀를 보고 있기가 괴로웠다. "전화를 해봐야 할지 모르겠어요." 그가 벽시계를 흘끗 쳐다보며 제안했다. "아뇨… 아직 너무 일러요." 그녀는 이렇게 말을 자르더니 손뼉을 치며 서커스 프로그램을 소개하는 사람의 목소리로 못 박았다. "자, 이제 저희 음악 수업 시간이

86

에요."

그녀는 피아노 의자에 앉아 몸을 빙그르르 돌리며 악보를 집어 들고 그에게 오라는 신호를 보냈다. 그녀가 여러 번 연습했음에도 매번 성공하지 못한 라흐마니노프의 비가였다. 연주에 돌입한 그녀는 취기에 용감해져 첫 번째 난관들을 극복했는데, 이어지는 난관에선 실패하고 말았다…

그는 반쯤 눈을 감고 멍한 상태로 연주에 귀 기울였다. 거의 절망적인 세 번째 시도에서 그녀가 또다시 주춤하고 있을 때 그가 자신도 모르게 중얼거렸다. "올림표가 붙어요, 그 자리엔…"

그녀는 연주를 멈추고 그를 바라보았다. 악보를 읽느라 한순간 정신이 맑아져 있던 터였다. 눈을 감은 채 그녀 앞에 꼼짝 않고 앉아 있는 이 남자, 방금 전에 그녀가 들은 말을 실제로 했을 수도 있는 남자('난 정말 취한 거야'라고 그녀는 생각했다). 그는 아주 늙고 피로한 기색이었고, 이마에 진 흉터에선 장밋빛 봉합 자국이 드러나 보였다.

그녀가 우는 소리를 듣고 그는 퍼뜩 정신을 차렸다. 그녀가 건반에 팔꿈치를 올린 채 목멘 흐느낌 사이로 겨우 말했다. "그만 가도 좋아요. 부모님은 내일이나 와요. 아홉 시에 역에 나가 있어야 해요…" 눈물로 흐려지긴 했어도 그 목소리엔 내밀한 무언가가 감추어져 있었다. 그녀가 한밤중에 무대에 올릴 요량으로 준비해 둔 고백이.

그리고 또 한 번의 저녁이 있었다. 모든 거리와 도로와 집들이 눈보라에 갇혀 보이지 않았던 3월의 저녁, 그 겨울의 마지막 눈보라였으며 장군이 그를 '까치둥지'에서 차를 마시도록 마지막으로 초대한 날이기도 했다.

스텔라가 그를 보러 왔고, 두 사람은 창밖의 휘몰아치는 흰 눈을 바라보며 잠시 그렇게 있었다. 그녀가 들어오며 문을 닫았음에도, 그녀의 어머니가 가정부를 부르는 소리가 긴 복도 너머에서 희미하게 들려왔다. "베라, 현관에 걸레질을 한번 해요. 또 사방에 눈을 뿌려 놨어, 그 운전기사가." 스텔라는 얼굴을 찌푸리며 어머니의 말을 바로잡으려는 듯 몸을 한 차례 움직였다. 그러더니 손에 찻잔을 든 채 앉아 있는 알렉세이 쪽으로 난데없이 몸을 숙이고 그에게 입을 맞추었다. 이마에, 흉터에 와 닿는 그녀의 입술이 느껴졌다. 복도에선 마룻바닥을 닦는 걸레질 소리가 들렸다.

다음날 그는 북쪽 지방의 여러 수비대를 시찰하게 된 장군과 함께 떠났다.

시찰을 하는 데 약 한 달이 걸렸다. 그들은 얼어붙은 고장들을 누비고 다녔고, 백해의 해안선을 따라가거나 봄 기운이 전혀 느껴지지 않은 숲들을 통과했다. 마치 겨울이 다시 온 듯했다. 장군이 열병하는 부대원들, 언 땅을 부수며 나아가는 탱크 차량들, 우중충한 콘크리트 요새들을 보니, 전쟁의 나날이 다시 닥친 것만 같았다.

집으로 돌아오는 길에선 매 킬로미터 달릴 때마다 시간을 뛰어넘어 봄을 되찾는 기분이었다. 전시의 겨울이 남기고 간 흔적은 어디에도 없었다. 어느 날 장군이 미끄러져 발목을 접질린 얼음판만이 예외였다. 차가 있는 곳까지 알렉세이가 그를 데려가야 했다. "세르게이, 기억하겠지. 어떻게 독일군들 코앞에서 자넨 나를 부축하고 12킬로를 걸었을까!" 그렇게 말하며 그는 조용히 웃음을 터뜨렸다. 서로 털어놓고 말하진 않았어도, 전쟁은 정녕 과거지사가 되었다고 그들은 생각했다. 그 일을 두고 웃을 수 있다면 말이다.

모스크바에선 이 봄의 웃음소리가 사방에서 울려 퍼졌다. 4월의 햇빛은 여름이 온 것처럼 살갗을 태웠고, 전차가 반짝이는 철로 위를 덜컹대며 달렸고, 전쟁이라면 어릴 적 추억이 되어버리고 만 젊은이들의 얼굴엔 근심의 그림자도 없었다. 밖에 있는 시간이 그렇게나 즐거웠던지라 장군도 그에게 집에 들어와 몸을 녹이고 차를 마시도록 권할 생각을 하지 못했다.

스텔라는 겨울이 긴 꿈이었음을 알게 되었고, 몽상이기도 악몽이기도 한 이 꿈에서 이젠 완전히 깨어나 있었다. 그 작은 '까치둥지'에다 가정부 에바는 외투를 쌓아두었고, 모피 옷엔 나프탈렌을 뿌려두었다. 좁은 창문은 햇빛이 들지 못하도록 네모난 두꺼운 마분지로 막아버렸다. 찻잔을 들고 이 방 의자에 앉아 있던 남자, 이마에 보기 흉한 흉터가 진 군복 차림의 그 남자를 이제 상상하기란 불가능했다.

상상하기 더 어려운 일도 있었다. 이 봄의 거리를 그와 그녀가 나란히, 그녀의 학교 친구들을 마주치며 걷는다는 것. 안 돼, 그럴 순 없어! 그녀는 이 커플을 머릿속에 그려보는 것만으로도 화가 나 미칠 지경이었다. 이제 그녀에겐 삶의 주축이 되어버린 이 친구들 동아리에 언젠간 이 남자의 존재를 드러낼 수 있으리라는 생각을 어떻게 했단 말인가? 그와 함께한 저녁 식사, 그 어이없는 흐느낌에 대해 그들에게 정말로 털어놓으려 했던 걸까? 그렇다. 이젠 햇빛에 흩어져 사라지고 없는, 겨울철의 긴긴 환각이었다.

그 망상에서 얻은 게 많다는 걸 그녀는 시인하고 싶지 않았다. '까치둥지'에 숨어 있던 이 군인 덕택에 남자를 다루는 데 유용하게 써먹을, 여자들의 무수한 책략을 익혔다는 것을. 그는 그녀의 장난감이었고, 자신은 그걸 가지고 놀았다는 것 역시. 별것 아닌 이 혼란스러운 고백들을 침묵시키기 위해 한번은 그가 평소 저지르던 실수를 따라하면서 〈작은 장난감 병정〉을 쳐보았는데 별로 애쓸 것도 없이 웃음이 나왔다. 하지만 마찬가지로 그에게 가르쳐 주었던 〈비둘기들의 왈츠〉에 이르러서는, 훨씬 유쾌한 곡이었음에도 갑자기 서글픔이 밀려왔다.

어느 날 응접실 창밖으로 그를 엿보았을 때도 그녀는 같은 서글픔을 느꼈다. 장군을 기다리는 차가 입구에 세워져 있었다. 열린 차 문으로 담배를 쥔 손이 보였고, 앞 유리창 안쪽에 흰 얼굴이 어른거렸다. '저이는 평생을 기다리며 살 거야.' 이렇게 생각하자 죄책감이 들었다. 자신으로 말하면 눈앞에 너무도 많은 근사한 일들이 기다리고 있었으니까. 이 아름다운 봄이 있었고, 시험을 치른 뒤엔 졸업 댄스파티가 열릴 터였다. 그다음엔 대학, 자유를 만끽하는 대학 생활, 그다음엔… 다가오는 날들은 오로지 범람하는 빛으로 가득했다.

이처럼 연민에 사로잡힐 때면 그에게도 감사의 마음이 일었다. 그 무모했던 만찬 동안 그가 그녀의 옷을 벗기고 그녀를 가질 수도 있었을 텐데. 임신을 하게 되었을 수도! 미래를 위태롭게 했을 너무도 끔찍한 일이어서 그녀는 머리를 흔들어 생각을 떨쳐버렸다. 그를 향한 증오심이 싹텄다. 하마터면 그가, 거의 본의 아니게, 모든 걸 망쳐버렸을 수도 있었으니까.

이런 후회와 기쁨, 동정심과 분노, 희미해진 몽상이 깜박이며 교차하는 가운데 이 봄이 전해주는 새롭고도 자극적인 느낌은 더한층 활기를 띠었다. 진정한 삶이 시작되려 하고 있었다.

햇빛이 찬란했던 그 몇 주 동안 그는 스텔라를 단 한 번 보았다. 어느 저녁, 그는 집으로 돌아가는 대신 어느 가판점 뒷길에 차를 세워두었다. 그녀의 음악 수업이 있는 날임을 알고 있었다. 얇은 외투 차림의 그녀가 불쑥 보이는가 싶더니 초록색으로 살짝 물든 가로수들이 심어진 길을 건넜다. 해 질 무렵 푸른 색조 위로 뚜렷이 드러난 그녀의 실루엣에 그는 눈이 아렸다. 그녀가 사라진 뒤에도, 길이 끝나는 그곳에 그녀의 환영이 한참 동안 머물렀다. 그녀를 만지고 그 가녀린 두 어깨를 손가락으로 부여잡는 아주 생생한 느낌이 손바닥에 남아 있었다. 이미 경험한 바 있는 느낌이었다. 손바닥에 놓인 죽은 다람쥐의 탄력 있는 몸.

그는 차에 시동을 걸었고, 군데군데 구릿빛 노을이 드리운 푸른 거리 속으로 질주해 들어갔다. 이 삶에는 무슨 열쇠가 있을 거라 생각했다. 삶과 사랑의 이 모든 복잡한 시도들, 지극히 자연스러우면서도 가혹하리만치 얽히고설킨 그것들을 단순명료한 언어로 설명해 줄 무슨 약호가 있을 거라고. 전쟁이 끝나고 한 해가 지난 모스크바의 아름다운 저녁나절 어느 모퉁이 뒤로 사라지는 흰 외투, 이 순간에 내재된 견딜 수 없는 고통과 무용한 기쁨, 그 다람쥐에 대한 기억. 그리고 저기 다리 위로 흐르는, 지난겨울 '까치둥지' 창밖으로 보던 것과 똑같은 하얀 은빛 구름.

그러다 문득 깨달았다. 방금 전 차에서 내려 가로수 길의 흰 외투를 따라잡지 못한 건 수년 전부터 그를 따라다니던 이 가짜 이름 탓이라는 것을. 모든 게 그 때문이라는 확신에 그는 필사적으로 매달렸다.

다음날 그는 이 가짜 이름의 서명을 담아 부모님의 근황을 묻는 요청서를 보냈다.

한 주 뒤, 장군이 부처의 자기 사무실로 함께 올라가고 그에게 말했다. 한순간 알렉세이는 장군이 스텔라 얘길 꺼내려는 거라 믿었다. 심지어 이렇게 말할 거라고. "글쎄, 내 딸이 자넬 사랑한다는군…" 이 당치 않은 바람이 잠시 머리를 스쳤는데 뒤이어 드러난 건, 사랑에 빠지면 완전히 장님이 될 수도 있다는 사실이었다.

"이보게, 세르게이." 장군이 난처한 어조로 운을 떼었다. "어제 자네와 관련된 정보가 내게 전달되었네… 그저 험담에 불과하길 바라지만, 자네도 알다시피 요즘 같은 시기엔 경계심을 놓지 않는 편이 낫거든. 누가 자네 이름을 도용한 것 같아. 아니… 뭐랄까… 그러니까 자네 가족의 주장으로는 자네가, 말하자면 자네 아닌 누군가가… 어쨌거나 그들은 아들이 살아 있다고 생각하고, 제대 직전에 아들을 본 친구도 있다는 걸 알고 있어. 하지만 아들이, 그러니까 자네가 고향으로 돌아오려 하지 않고 숨어 지내니 이유를 모르겠다는 거야. 휴우, 복잡하군. 한마디로, 신분 위조와 관련된 얘기랄까. 그런 이야기라면, 특히 군대에선 웃어넘길 일이 아니거든. 자네야 그 누구보다 잘 알 테지. 훨씬 사소한 일로도 수용소로 직행한다는 걸⋯ 아니, 그저 참고삼으라고 하는 말이네. 그래도 뭔가 문제가 있다고 느껴지면 내게 말하게. 이런 유의 사건들은 폭탄 같아서, 터지기 전에 뇌관을 제거해야 하니까⋯"

그 순간 전화벨이 울렸고, 장군이 수화기를 들었다. 그는 표정이 누그러지면서 긴 식료품 목록을 그 정확한 양과 함께 받아 적기 시작했다. 소시지, 훈제 철갑상어, 와인 몇 병⋯ 지직거리는 수화기 너머로 알렉세이는 스텔라의 어머니 목소리를 분간할 수 있었다. 통화가 끝나면 장군에게 모든 걸 고백할 생각이었다.

장군은 수화기를 내려놓고 흡족한 얼굴로 입술을 핥았다. "내일 있을 굉장한 만찬을 준비 중이야. 그런 대접을 받을 만한 손님들이지. 사돈 될 사람들이거든. 정말이지 세월이 유수 같군, 세르게이. 내가 전쟁을 하러 떠났을 때 우리 딸 스텔라는 꼬맹이였는데, 이제 벌써 결혼을 시킬 나이가 되었으니. 아, 그래도 약혼자는 진짜 괜찮은 청년이라네. 그이 부친도⋯ 이건 우리끼리 하는 얘기지만, 내무성에서 요직을 맡고 있어. 사실 이번에 명의 도용 문제를 내게 귀띔해 준 것도 그 사람이지. 사돈끼리니 말이야⋯ 안 그랬으면 자넨 당장에 체포되었을 거야. 그 일에 대해선 나중에 얘기하게나. 내일 만찬 때 자네가 필요해. 아침부터 저녁까지, 그리고 밤에도. 스텔라가 친구들을 몽땅 초대했거든. 요즘 약혼식은 예전처럼 그저 자기들끼리 하는 건 아니니까… 그러니 자네가 그 애들을 그룹별로 집에 데려다줘야 할 거야. 지하철이 이미 끊길 테니까. 한마디로 초비상사태라고!"

그는 겨울 외투가 꽉 들어찬 '까치둥지'로 안내되었다. 반쯤 열린 문 사이로 그는 도착하는 초대객들을 하나하나 눈으로 좇았다. 약혼자 청년의 부모(달콤한 향수 냄새를 풍기는 어머니와 낮은 음성의 아버지), 혼자 오는 사람 몇몇, 그리고 작은 무리를 이룬 학교 친구들. 일부는 그가 대기하고 있는 이 잡동사니 방에 실수로 들어오기도 했다. 외투와 상자 더미에 둘러싸인 채 꼼짝 않고 앉아 있는 이 남자를 맞닥뜨리고 인사를 해야 할지 말아야 할지 몰라 당황한 얼굴로 바라보았다. 장군은 이런저런 귀빈들을 차로 모셔 오도록 했다. 알렉세이는 임무를 수행한 다음 자신의 초소로 돌아오곤 했다. 가정부인 베라가 그에게 차를 한 잔 가져다주며 무슨 얘기를 하려다 말고 그저 씁쓸함이 담긴 어색한 미소만 지어 보였다.

알렉세이 편에선 쓰라림도 질투도 느껴지지 않았다. 그저 날 선 고통이 그를 사로잡아 어떤 다른 감정도 이 예리한 느낌에 접목될 수 없었다. 응접실에서 전해져 오는 소리에 멍하니 귀 기울이며 무르익어 가는 파티의 정경을 그려볼 수 있을 따름이었다. 술렁이는 유쾌한 목소리들 사이로 간간이 저음의 낮은 목소리가 끼어들었다. 마개 따는 소리가 나더니 곧 또 한 차례 더 들렸고, 동시에 웃음소리와 외마디 외침이 터져 나왔다. 장군의 첫 건배사가 있은 뒤 마침내 포크와 나이프가 달그락대는 소리가 이어졌다.

그는 고통에 마비되어 아무것도 느낄 수 없었다. 그렇게 반 시간이 지났을 때 모두 함께 무언가를 청하는 소리가 들리더니 음악이 울려 퍼졌다. 지난겨울 스텔라가 연습한 폴로네즈라는 걸 그는 금세 알 수 있었다. 음악을 즐기기 위한, 적시에 선택된 휴지의 순간이라는 생각을 했다. 첫 와인 잔을 들이켠 초대객들은 이미 뭐든 수용할 자세인 데다, 연이어 먹고 마시느라 감각이 무뎌진 상태였으니까. 그는 연주에 귀 기울였다. 멍한 상태에서도, 음들의 미세한 흔들림이 감지되었다. 그때마다 무언가가 그의 주의를 은밀히 환기시키는 듯해 고립감이 더한층 뼈저리게 와닿았다. 손뼉 치는 소리에 이어 갈채와 '브라보'를 외치는 환호성이 울려 퍼졌고, 그 바람에 그는 복도를 걸어오는 발소리를 듣지 못했다.

벌써 스텔라가 문밖에서 얼굴을 들이밀고 말했다. "어서! 어서요. 나한테 아주 중요한 일이에요!" 그 속삭임에서 흥분된 취기가 느껴졌다. 술 때문이라기보다 행복에 겨운 취기였다.

당황한 그는 자리에서 일어나 그녀의 손이 이끄는 대로 응접실까지 따라갔다.

"이번엔, 깜짝 선물이에요!" 환호로 맞아 달라는 듯 스텔라가 그를 향해 두 팔을 뻗었다. "우리 세르게이가 우리한테 짧은 노래 한 곡을 연주해 줄 거예요. 그의 음악과 함께… 교사로서의 제 조촐한 자질도 감상해 주시길 바랍니다. 〈작은 장난감 병정〉이에요!"

젊은이들이 손뼉을 쳤다. 부모들을 비롯해 좀 더 나이 많은 손님들은 다소 무모한 장난이라는 생각을 하면서도 너무 엄격해 보이지 않으려고 박수에 동참했다.

어두운 '까치둥지'에 있다 나온 그는 응접실의 환한 불빛에 눈이 부셨고, 자신을 향해 고정된 이 모든 시선들이 거북했다. 고문을 피할 방법을 찾다가 포기하는 사이, 몇몇 얼굴을 알아보았다. 한 귀부인의 커다란 진주 목걸이, 그리고 학교 친구들 사이에 앉은, 키 큰 갈색 머리 청년인 약혼자. 스텔라의 시선 속에서 잠깐 사이 무슨 잊힌 그림자 같은 것이 지나갔다. 그녀는 바티스트 천의 흰 여름 드레스를 입고 있었다.

박수 소리가 잠잠해졌다. 그는 피아노 의자에 앉았다. 그러자 통증과도 같은 고통이, 그를 꼼짝 못 하게 만들었던 이 얼음덩이가 갈라지면서 수치심과 굴욕감과 분노로 변해갔다. 멍청한 붉은 기운이 목까지 차올랐고, 매끄러운 니켈 페달 위에 놓인 커다란 장화가 한없이 무겁게 느껴졌다.

그는 레슨 때처럼 자동 인형의 무딘 손놀림으로 곡을
쳐나갔다. 벌써부터 사람들은 웃음을 감추지 못했다. 병정
의 노래를 연주하는 병정이라니, 재미있는 광경이었다. 아
는 후렴구 가사를 따라 부르는 젊은이들도 있었다. 술기운
이 청중의 흥을 돋우기 시작했다. 만장일치의 박수 소리
가 터져 나왔다. "피아노 교사, 브라보!" 한 초대객이 이렇
게 외치자 스텔라는 정중히 절을 했다. 사람들의 웃음소리
사이로 약혼자 청년의 아버지 목소리가 낮고 묵직하게 울
려 퍼졌다. "놀랍네요, 장군님. 장군님 부처에선 운전기사
들마저 피아니스트라니, 미처 몰랐습니다." "피아니스트
에게도 한 잔을." 여러 목소리에 부추김을 받은 한 청년이
또박또박 끊어 말했다. 보드카 한 잔이 피아노가 있는 쪽
으로 손에서 손으로 전달되었다. 스텔라가 양손을 쳐들며
테이블에 앉은 사람들의 소리를 잠잠케 하려는 듯 외쳤다.
"이제 이번 프로그램의 클라이맥스인 〈비둘기들의 왈츠〉
입니다!"

알렉세이는 잔을 내려놓고 건반을 향해 돌아앉았다.
웃음소리와 대화 소리가 점차 잦아들었지만 그는 여전히
기다렸다. 양손을 무릎 위에 올리고 등을 꼿꼿이 세운 채
멍한 얼굴이 되어. 스텔라가 초대객들에게 눈짓을 보내며
프롬프터처럼 그에게 속삭였다. "어서요! 오른손 엄지 '도'
에서 시작하는 거예요…"

그의 양손이 다시 건반 위로 떨어지는 순간, 어쨌거나 사람들은 또 한 차례의 조화로운 화음을 기대해 볼 수 있었다. 그런데 다음 순간 음악이 터져 나왔다. 그 기세에 이제까지의 의심과 부조리와 소음이 송두리째 실려 갔다. 희희낙락한 표정과 서로 주고받던 눈길도 지워지고, 장벽들이 물러서고, 응접실을 환히 밝힌 불빛도 창밖 무한히 펼쳐진 밤하늘 속으로 흩어져 버렸다.

그는 연주를 한다는 느낌이 아니었다. 밤을 가로질러 전진했다. 얼음과 나뭇잎과 바람의 무수한 단면들로 이루어진, 이 밤의 투명하고 불안정한 공기를 들이마셨다. 그의 안에 불행은 더 이상 존재하지 않았다. 앞으로 닥칠 일에 대한 공포도 느껴지지 않았다. 불안도 후회도 없었다. 그가 헤치고 나아가는 이 밤은 불행과 공포와 만회할 수 없이 산산조각 나버린 과거를 이야기하고 있었지만, 이 모두가 이미 음악이 되어 오로지 그 아름다움으로 존재했다.

*

겨울 아침의 어스름 속에서 기차는 눈 덮인 선로들 사이에서 길을 더듬듯 모스크바를 향해 점점 다가간다. 베르그의 마지막 말들이, 덜컹대는 바퀴 소리와 통로를 오가는 승객들의 목소리, 발소리에 뒤섞인다. 기대 밖으로 밀려나 있던 도착이 현실화되어 가자 이야기는 주저주저 서둘러 내뱉어진 몇 마디 문장들 속으로 사라진다. 수용소에서 보낸 세월("스탈린이 죽은 뒤에도 나는 사면을 얻어내지 못했지. 마지막 날까지 10년을 꼬박 채웠으니까."). 몇 차례의 모스크바 방문(스텔라를 다시 보려 했던 걸까? 그런 얘긴 없었고, 그 말을 할 시간도 없었다). 동시베리아의 한 작은 마을이 거주지로 지정된 터라 불법 방문일 수밖에 없었다. 결국 그는 수도에 체류하다 다시 체포되어 극지방 부근에서 3년 형을 치렀고, 그러면서 깨닫게 되었다. 그 눈 지옥에 결국 자신이 적응하게 되었다는 것을… 바로 그곳, 해 없는 하늘 아래서 그는 부모님의 사망 시기와 장소를 알게 되었다.

기차가 멈춘다. 우리는 무중력 공간을 걷듯 첫발을 뗀다. 부동의 자세로 몇 날 몇 밤을 보낸 뒤라, 눈 위에 새겨지는 발자국들이 춤을 추듯 경쾌하다. 얼어붙은 대기 속에 감도는 대도시의 예리한 공격성에 코안이 따끔거린다. 끝없이 이어지는 어둑어둑한 승강장을 따라 나는 베르그와 나란히 걷는다. 우리 기차에서 내리는 승객들은 몽유병 환자들처럼 잠시 머뭇거리며 남아 있다. 어떤 이들은 짐 가방 위에 다시 웅크리고 앉아 잠을 청하고 싶어 한다는 걸 알 수 있다. 베르그가 앞장서서 걸어간다. 역사 쪽으로 발길을 옮기는, 잠이 덜 깬 무리 속으로 그가 끼어드는 게 보인다. 아침 여섯 시에 모스크바에 내린 시골 사람이랄지, 순식간에 그는 여느 승객들 가운데 하나가 된다. 그가 걸어가는 모습을 바라보며 나는 혼자 생각한다. 저런 모습으로 예전에도 수도에 몰래 진입해 서둘러 군중 속으로 녹아들었을 거라고. 그가 들려준 이야기의 마지막 부분이 기억난다. 깊고 외진 타이가 지대보다 더 위험해 보였던 모스크바, 일찍이 '까치둥지'로 차를 가져다주곤 했던 늙은 가정부 베라에게서 들은 이야기, 나중에 스텔라에게 일어난 일들…

다른 상황에서 이야기되었다면 그 모든 어긋난 만남은 아름다운 비극의 느낌을 전해주었을지 모른다. 하지만 얼어붙은 우중충한 대도시에 다다른 기차 소음 속에서 두서없이 전해진 이야기였다. 그르친 삶들이라는 것도 어리둥

절할 만큼 단순하게 살아졌을 터, 그 만남들 역시 필시 그런 식으로 경험되었을 것이었다.

우리는 천장이 엄청나게 높은 홀로 들어선다. 사적인 이야기는 전혀 거론될 수 없을 듯싶은 이 휑뎅그렁한 공간 한복판에서 베르그가 고개를 돌리지도 않은 채 내게 말한다. "탈(脫)스탈린 시대가 닥치자 그녀의 남편은 일과 관련해 몇몇 골칫거리를 안게 되었지. 술을 마시기 시작하더니 그녀를 떠나고 말았어… 그녀는 60년대 초, 암으로 죽었다오. 아들이 일곱 살이었어. 난 친구를 통해 다달이 약간의 돈을 보내는 방식으로 나름대로 최선을 다했지. 북쪽 지방에 남아 영하 50도의 추위에서 미친 듯이 일을 했고, '열두 달이 겨울, 나머지는 여름'이라고들 하는 곳이었어도 수입은 꽤 괜찮았거든. 그런 사정을 아이가 알아선 안 되었지만 말이야. 나는 여전히 재범자로 규정되어 있었고…"

그는 미소 짓는 얼굴로 나를 바라보며 내게 손을 내민다.

"그럼 좋은 여행이 되길 바라겠소. 괴로웠던 기억은 떨쳐버립시다."

나는 그와 악수를 나누고 그가 멀어져 가는 모습을 지켜본다. 세 기차역이 자리한 이 광장*은 이 시각이면 을씨년스럽다. 가로등 불빛이 광장을 푸르스름한 동강들로 갈라놓는다. 얼어붙은 외피를 떨며 달리는 커다란 트럭들에

_____
* 콤소몰스카야 광장.

서 시끄러운 강철음이 울려 퍼진다. 검정 혹은 회색의 투박한 외투를 입고 바삐 걸어가는 사람들은 스탈린 시대로부터, 전쟁과 궁핍과 말 없는 인고의 세월로부터 빠져나오고 있는 듯하다. 베르그는 인파 속에 섞여들어 지하철 쪽으로 발길을 옮기더니 그 입구로 흘러드는 시커먼 무리 속으로 사라진다. 그의 긴장된 발걸음에서 변함없이 의연한 결의가 느껴진다. 층계 발치에 내려선 군중 속에서 간신히 찾아낸 그의 모습은 다음 순간 다시 사라진다. '호모 소비에티쿠스.' 경멸의 기운이 밴 목소리가 내 안에서 중얼댄다. 그 소리를 침묵시키기엔 나는 너무 졸리다.

나는 역사로 돌아온다. 이런 연착을 겪고 보니, 게시판에 뜬 열차 출발 시간표가 초현실적인 무언가로 비친다. 극동지방에서부터 통과해 온 그 모든 표준시간대는 뭐며, 베르그의 이야기가 내 안에 새겨 넣은 그 시간은 또 뭐란 말인가. 더 기이한 일은, 난데없이 베르그가 다시 나타났다는 것. 그렇다, 그가 내 앞에 있다. 이건 꿈이 아니다.

"모스크바에 머무를 곳이 있는지 물어보지 않고 떠나서. 설마 역에서 온종일 있을 생각은 아닌지…"

나는 자정 경에 마지막 열차를 타고 떠날 거라 대답한다. 박물관을 보러 갈 계획인데, 그 전에 영화관에 들러 첫 상영 영화를 보며 잠을 청할 거라고. 그의 얼굴에 미소가 떠오른다. 영화관에 가서 잔다는 이 계획이(10코펙이면 빈 상영관과 따스한 안락의자가 내 것이다) 그의 과거 떠돌이 시절을 상기시켰음에 틀림없다.

"자, 모스크바 노인의 조언을 좀 들어봐 주겠소… (기쁨을 못내 숨기지 못하는 목소리다.) 모스크바에서 호텔 방을 구하기란 호화로운 능에 묵는 것보다 더 어렵다오. 내겐 오래된 친구가 있지만 말이오. 나처럼 재범자인…"

그가 도시를 가로지르며 나를 안내한다. 지하철을 나와 버스를 탄 다음, 궁정을 통과하는 지름길을 걸어서. 그는 자신의 흔적을 되찾고 수도에 대한 지식을 내게 보여줄 수 있어 신이 난 듯하다. 반수면 상태에서 걷는 아이처럼, 나는 모든 걸 그에게 내맡긴 채 그를 따라간다.

호텔에선 피로에 곯아떨어진다. 해가 중천에 떠서야 잠이 깬 내 눈앞에 비현실적인 광경이 펼쳐진다. 베르그의 침대 위에 검은 정장 한 벌이 놓여 있는 것이, 마치 실체가 비워지고 납작해진 남자 같다. 의자 등판엔 넥타이 하나가 걸려 있고, 욕실에서 짙은 화장수 냄새가 전해져 온다. 나는 기운 없는 나른한 상태로 영문을 모르는 채 곧 다시 잠이 든다.

베르그가 나를 깨웠을 땐 그를 곧바로 알아보지 못한다. 그는 침대에 놓여 있던 정장을 차려입고 넥타이를 맨 모습이다. 매끄럽게 빗어 넘긴 머리는 윤이 난다.

"더 일찍 깨우고 싶진 않았소. 너무 곤히 자고 있어서… 하지만 벌써 저녁 여섯 시라오."

우려낸 차를 담은 유리잔 두 개가 테이블 위에 놓여 있고, 소형 전열기가 창문 손잡이에 매달려 있다.

"극장에… 가시려고요?" 그의 변신에 놀라움을 드러내지 않으려 애쓰며 내가 묻는다.

"그래… 그런 셈이지. 그보단, 연주회라오. 혹시 관심이 있으면…"

우리는 레몬차를 마시고, 악보로 싼 예의 빵과 둥글게 썬 마른 소시지 조각을 먹는다. 그렇게 식사를 한 뒤 나는 몸단장을 하는데, 베르그가 내게 넥타이 하나를 빌려준다.

우리가 맨 먼저 도착한 관객이다. 모스크바 또 다른 끝자락에 위치한 철도 문화원 소속의 연주 홀.

우리는 춥고 어두컴컴한 입구에서 한참을 기다린다. 베르그는 긴 의자 한쪽에 눈에 띄지 않는 조용한 모습으로 앉아 있다. 나는 기관차 사진들로 장식된 — 연통이 나팔처럼 우스꽝스럽게 벌어진 초기 형태부터 최신형에 이르기까지 — 벽을 따라 이리저리 걷는다. 그러다 연주 홀에 한 차례 시선을 던진다. 지나치게 넓은 홀인 데다, 특히 이런 외진 동네에서 열리는 연주회라면 좌석을 충분히 채우기가 쉽지 않아 보인다. 그런데도 사람들이 꾸역꾸역 모여들기 시작한다. 처음엔 우리처럼 머뭇머뭇, 그러다 어느 정도 청중이 형성되자 그들 사이에 전류가 흐른다. 공연에 앞서 있게 마련인 속삭임과 기다림과 가벼운 흥분의 술렁임. 모두 자리를 잡자 홀 안에 기분 좋은 긴장감이 퍼진다. 나는 생각한다. '공연의 마법이야! 연주 홀도, 무대도, 그

위에서 펼쳐지게 될 그것도 그리 중요한 건 아니지. 핵심은 거기서 무슨 일이 일어난다는 거야.'

베르그는 조명이 거의 닿지 않는 맨 뒤 열에 자리를 잡았다. 무대로부터 비스듬한 위치에 앉은 우리는 열린 막 너머로, 예술가들이 등장하기 전 대기하는 무대 뒤편 어둠 속에서 갸름한 얼굴의 한 형체를 알아본다.

"긴장하고 있겠지." 베르그가 구석진 그곳에 시선을 고정한 채 중얼댄다.

좀 뻣뻣한 자세, 멍한 모습. 젊음을 되찾은 사람처럼 그는 앉아 있다.

그 순간 피아니스트가, 무대 뒤에서 동정을 살피며 기다리고 있었을 그 젊은이가 나타난다. 청중이 여기저기서 산발적으로 정중한 환영의 박수를 보낸다. 나는 연주회 프로그램을 건네려고 베르그 쪽으로 몸을 돌린다. 그러나 그는 넋이 나간 듯 눈을 내리깐 무표정한 얼굴이다. 그는 더 이상 이곳에 없다.

낮고 고귀한 영혼에 부치는 시(詩)

이창실 역자

1. 만남

눈보라에 휩싸인 우랄 지방의 어느 기차역에서 승객들은 연착이 예고된 기차를 기다린다. 음악 소리에 이끌려 역사(驛舍)의 한 어두운 공간에 다다른 '나'(화자)는 피아노 앞에 앉은 한 노인을 우연히 보게 된다. 다음 날 아침 기차가 도착하고 두 사람은 허름한 객실에 머무르며 차를 마시면서 함께 이야기를 나눈다. 기차가 우랄의 광활한 땅을 가로질러 모스크바에 이르기까지 긴 시간에 걸쳐 남자는 자신이 지나온 삶을 화자에게 들려준다.

때는 스탈린 치하의 소련. 밀고와 잔인한 숙청이 마구잡이로 이루어지던, 공산 체제가 절정에 달한 시기이다. 1941년 5월 24일 자신의 연주회가 예정되어 있던 스물한 살의 재능 있는 피아니스트 알렉세이 베르그는 연주회가 열리기 이틀 전 부모가 체포되는 광경을 외부에서 목격한다. 그 길로 수용소를 피해 달아난 그는 제2차 세계 대전의 전장으로, 전쟁의 부조리한 상황 속으로 휩쓸려 들며, 죽은 군인에게서 훔친 가짜 신분으로 적과 싸우면서 지속적으로 죽음의 위험에 노출된다. 종내 장군의 운전기사가 되지만 그 후에도 끊임없이 자신의 신분을 속이면서 익명의 인간으로 살아야 한다. 그러다 이 익명을 벗어던지는 순간 이제까지의 도주는 끝이 나고, 그는 수년의 세월을 거슬러 원점으로 돌아가 수용소로 보내진다. 이 수용소 생활에 대해선, 기차가 모스크바에 도착하는 순간 베르그가 서둘러 암시한 몇 마디 말로 요약될 뿐 독자로서는 알 길이 없다. 영하 50도의 추위 속에서 10년을 일했다는 사실만이 그의 담담한 어조에 실려 언급될 뿐이다.

기차역에서의 이 만남을 회상하는 화자는 소련이 이미 과거의 유물이 되어버린 시대에 사는 사람이다. 이런 '나'가 베르그를 만난 건 사반세기 전, 스탈린 통치가 끝나긴 했어도 여전히 소비에트 연방의 공산 체제가 지속되던 시기이다.

화자에 대해선 독자가 알 수 있는 것이 거의 없다. 베르그를 만나던 당시 그는 상트페테르부르크에 살고 있었고, 극동 지방을 여행했으며, 모스크바에서 집으로 가는 환승 열차를 탈 계획이었다는 것. 그리고 무엇보다, '호모 소비에티쿠스'라는 용어의 의미를 고찰하면서 자신은 그 규정된 인간상에서 비켜설 수 있다고 믿는 냉소적인 젊은

이라는 것이 전부다. 하지만 이 사람에게 베르그와의 만남
은 이 용어를 돌이켜 성찰하며 새롭게 이해하고 재정의하
게 만드는 계기가 되어준다.

2. 호모 소비에티쿠스

우랄 지방의 한 기차역에 불편한 모습으로 잠들어 있
는 무리. 화자는 그들을 보며 '호모 소비에티쿠스'라는 용
어의 의미를 다소 경멸적인 심정으로 되짚는다. 안락한 생
활에 대한 타고난 무관심, 부조리한 상황에 직면해 발휘하
는 끈질긴 인내. 그들은 전쟁과 고통과 희생을 말없이 감
수할 준비가 되어 있는, 치명적으로 자아를 상실한 사람들
이다. 가혹한 현실에 직면해 순종과 체념밖에는 모르는 사
람들. 화자는 이런 불합리한 인간 집단을 비판적인 시선으
로 바라보면서 그 집단으로부터 스스로를 분리해 내려 애
쓴다.

그런데 이 거대한 덩어리, 익명의 동질성에서 예기치
못한 순간 한 개인이 고개를 든다. 알렉세이 베르그. 그 역
시 소비에트인, 즉 호모 소비에티쿠스이다. 체제의 덫에
걸려 탈출하지 못하고 부서진 삶을 살게 되는 남자. 도망
치는 무리 속에서 길을 잃었고, 살아남기 위해 자신의 정
체성과 과거를 송두리째 포기하고, 음악을 포기하고, 익명
뒤에 숨어야 했던 사람이다. 그는 주검들로 뒤덮인 전장에

서 죽은 군인의 신분으로 목숨을 부지하면서 이별과 상실을 겪으며 영원히 길을 잃고 되돌아오지 못하는 사람이다. 화자는 베르그가 기차에서 내려 걸어가는 모습을 보며 이렇게 묘사한다. "저런 모습으로 예전에도 수도에 몰래 진입해 서둘러 군중 속으로 녹아들었을 거라고."(101p) 그렇다면 그런 그에게 여전히 삶은 무언가를 의미하는지, 혼돈과 부조리가 그의 마지막 말은 아닌지, 독자는 묻지 않을 수 없다.

그러나 마킨은 이 책의 페이지들을 통해 소비에트 연방 역사에 묻힌 한 사람에게 잊을 수 없는 형상을 부여한다. 무형의 무리 속에 잠긴 이 호모 소비에티쿠스, 부조리한 고통을 당하면서도 인간으로서의 품위를 잃지 않는 한 남자, 그의 영웅적이며 비범한 정신에 찬사를 바친다.

3. 음악, 그리고 침묵

"잠에서 깨어난다. 무슨 음악이 들리는 꿈을 꾸었다."(8p) 화자인 내가 주인공을 만나게 되는 시발점에 음악이 있다. 베르그의 이야기에선 부서진 운명 뒤로 사라져 등장하지 않는 음악이지만, 음악은 이야기 전체에 맥박처럼 숨결처럼 생명력을 불어넣으며 선율이 되어 흐른다.

젊은 피아니스트 알렉세이는 촉망받는 연주자가 되리라 기대되지만 운명은 전혀 다른 곳으로 그를 데려간다.

그의 음악은 이데올로기에 희생당하고, 금지된다. 그는 죽은 사람의 신분으로 살아남고, 음악가에겐 최악의 형벌일 수 있는 침묵을 강요당하는 세월을 살게 된다. 이렇게 스물한 살 적 그의 연주회는 실현되지 않은 채, 대신 그의 삶은 상이한 악보를 바탕으로 연주된다. 그의 아버지가 불속에 던진 바이올린이 내는 소리처럼, 불길 속에서 끊어지는 현들의 멜로디를 닮은 음악, 그가 들은 최초의 음악이기도 하다. 스탈린 체제하의 가족, 아파트, 아이로 상징되는 스포츠 행진곡과는 대비되는 음악이다…

마침내 그가 피아니스트의 손가락을 되찾게 되는 '폭발'의 순간, 살아남기 위해 매달렸던 그간의 거짓을 던져버리고 자기를 되찾는 순간은 이렇게 묘사된다. "(…) 그의 안에 불행은 더 이상 존재하지 않았다. 앞으로 닥칠 일에 대한 공포도 느껴지지 않았다. 불안도 후회도 없었다. 그가 헤치고 나아가는 이 밤은 불행과 공포와 만회할 수 없이 산산조각 나버린 과거를 이야기하고 있었지만, 이 모두가 이미 음악이 되어 오로지 그 아름다움으로 존재했다."(99p)

연주회의 기대와 젊음의 환희, 봄에서 시작되는 이야기는 마지막 페이지에서 눈을 내리깐 침묵으로 끝난다. 그렇긴 해도 연주회장에 와 있는 그들 앞엔 음악이 시작되리라는 기대가 있다.

4. 아름다움이 되어…

한 피아니스트의 삶을 이야기하는 일종의 '운명 소설'인 이 책은 그 어떤 외부의 압력이나 시련에도 조종당하지 않는 정신력(러시아의 영혼)에 대한 찬양이다. 변덕스럽고 가혹한 운명의 손에 좌우되는 이 남자에게 '음악'은 무엇이었을까? 알렉세이는 자신에게 일어난 그 모든 일들을 두고 생각한다. "삶과 죽음, 아름다움과 추함의 이 무질서한 흐름엔 무언가 숨겨진 의미가 있을 거라는 느낌이 들었다. 빛을 발하는 어떤 비극적 화음에 그것들을 담아 리듬을 부여했을 하나의 열쇠가 있을 거라는."(72p)

하지만 다음 순간, 그 모든 게 우연의 소산이었다고 그는 말을 잇는다.

그렇다고 하더라도, 참혹한 삶을 지나온 이 남자에게서 전해지는 명랑함은 어디서 오는 걸까? 졸린 화자의 눈꺼풀 사이로 보이는 호텔 방의 그 흥겨운 분위기와 화장수 냄새, 다정한 미소는 또 뭘까? 의미에 대한 물음을 지우고, 스스로를 지우고, 마음을 비우고 나서야 다가설 수 있는 것이 '음악'일 것이다. 그렇다면 기꺼이 상대에게 마음을 쓰는 자유로운 남자, 행복해 보이기까지 한 남자, 가볍고 우아한 자태와 어린아이 같은 노인의 모습으로 연주홀의 구석진 좌석으로 돌아온 이 남자 자신이야말로 앞서 던진 물음에 대한 답이 아닐까?

구소련의 러시아인을 지칭하는 용어인 '호모 소비에티쿠스'가 이 지점에서 영원한 러시아의 영혼과 하나가 된다. 삶에 대한 본능적인 집착, 어떤 처지에 놓이든 무슨 일이 닥치든 계속하려는 의지. 한마디로, 스스로에게서 솟아나는 자발적이고도 무의식적인 힘, 선한 힘. 작가는 부조리한 운명에 겸손히 저항하는 베르그를 통해, 어떤 열악한 상황에서도 싹트는 생명의 의지, 그리고 인간성을 잃지 않는 기적을 우리로 하여금 경험하게 해준다.

『어느 삶의 음악』은 눈먼 이데올로기에 대한 심판인 동시에, 한없이 낮고 고귀한 러시아적 영혼에 부치는 한 편의 시(詩)처럼 읽힌다. 독자에게 이미 낯설지 않은, 솔제니친의 이반 데니소비치 슈호프의 하루를 통해서도 짐작할 수 있었던 그 영혼.

작가가 1995년에 발표한 『프랑스 유언』이 국내에 번역 소개되면서 안드레이 마킨은 국내 독자들에게도 이미 알려진 이름이다. 1957년 러시아에서 태어난 그는 1987년 프랑스로 정치적 망명을 한 이후로 줄곧 프랑스어로 소설을 써온 작가이다. 그렇긴 해도 소비에트 연방 시절에 태어나 그 체제에서 서른 해를 보낸 마킨은 러시아 역사와 민중에게 보내는 깊은 연대의 시선으로 자신의 작품에 러시아의 다양한 얼굴을 담아 왔다.

"이상적인 소설은, 그것에 대해 말할 것이 하나도 없는 소설이다. 그저 그 안으로 들어가 관조하며 스스로의 변화를 체험하는 소설이다"라고 작가가 말할 때, '관조'와 '변화'라는 말에 주목하게 된다. 실제로 삶에 대한 부드러운 향수와 절망적이고도 애잔한 인식이 전해져 오는 그의 문장들은 독자로 하여금 '영원'을 관조하게 만드는데, 이것은『어느 삶의 음악』에서도 예외가 아니다. 그런가 하면 마킨의 작품에는 어김없이 '변화'를 촉발하는 메시지가 들어 있는데, 이 점에서 그는 문학과 철학이 하나를 이루는 러시아 작가들의 계보에 속해 있다고 할 수 있다.

『어느 삶의 음악』은 부조리를 넘어서서 삶이 음악으로 화한 피아니스트의 이야기임과 동시에, 그 이야기를 담고 있는 작가의 치밀하고도 시적인 문장들 또한 한 편의 음악으로 읽힐 만하다.

110쪽이 채 안 되는 짧은 분량의 프랑스 소설을 통해 러시아 작가들 특유의 대서사시에 참여할 수 있다는 건 독자들에겐 분명 특별하고도 의미 있는 경험일 것이다.

옮긴이 **이창실**

이화여자대학교 영어영문학과를 졸업하고, 프랑스 스트라스부르대학 응용언어학 과정을 이수한 뒤, 이화여자대학교 통번역대학원 한불과를 졸업했다. 이스마일 카다레와 실비 제르맹의 소설들을 비롯해, 크리스티앙 보뱅의 『작은 파티 드레스』 『흰옷을 입은 여인』 등을 우리말로 옮겼다.

어느 삶의 음악 LA MUSIQUE D'UNE VIE

1판 1쇄 2022년 8월 22일
2판 1쇄 2024년 12월 3일

지은이 안드레이 마킨
역자 이창실
펴낸이 신승엽
펴낸곳 1984BOOKS

편집 신승엽 · 북디자인 신승엽

주소 전북 익산시 창인동 1가 115-12
전자우편 1984books.on@gmail.com
전화 010.3099.5973 · 팩스 0303.3447.5973
인스타그램 @livingin1984 · 페이스북 /1984books

ISBN 979-11-90533-50-8 03860

잘못된 책은 구입하신 서점에서 교환해 드립니다.

1984BOOKS